suhrkamp taschenbuch 2313

»Je nach Wunsch: historische Phantasie, metaphysischer Krimi; moralische Legende«, so der Autor – auf jeden Fall: ein fabelhaft erzählter philosophischer Thriller der subtilsten Art, eine literarische Entdeckung!

Vier zum Tode verurteilte Freiheitskämpfer erzählen sich in der Nacht vor der für den Morgen angesetzten Hinrichtung ihr Leben. Was der Baron, der Soldat, der Student und der Dichter schildern – Bekenntnisse, Girlanden der Erinnerung –, ist eigentümlich widersprüchlich und rätselhaft. Was erhellen sie einander, was verbergen sie? Erzählen sie es für sich selbst oder für einen anderen? Warum steht keiner von ihnen als unzweifelhafter Freiheitsheld da im Licht der eigenen Lebensgeschichte? Und als der Morgen heraufdämmert, hat jemand das Schicksal in eine unerwartete Richtung gedreht. Die nächtlichen Beichten haben eine andere Bedeutung erhalten ...

Gesualdo Bufalino, geboren 1920 in der kleinen sizilianischen Stadt Comiso, lebte dort zurückgezogen als Gymnasiallehrer. Erst 1981 veröffentlichte der ›heimliche‹ Schriftsteller seinen Roman *Das Pesthaus* (Bibliothek Suhrkamp 1019). Es folgte der Erzählungsband *Der Ingenieur von Babel* (Bibliothek Suhrkamp 1107) und der vorliegende Roman *Die Lügen der Nacht*, für den er 1988 mit dem *Premio Strega* ausgezeichnet wurde. Bufalino gewann rasch internationales Ansehen:

»Bufalino wird mit aufgenommen werden müssen in die Reihe jener zeitgenössischer italienischer Erzähler, die in den letzten Jahren sehr zu Recht von einer wachsenden Leserschaft hoch geschätzt werden. Man wird nur wenige Autoren finden, die so mitreißend und differenzierend, so trivial und anspielungsreich zugleich erzählen können wie er.« *Frankfurter Allgemeine Zeitung*

Gesualdo Bufalino
Die Lügen der Nacht

Roman

Aus dem Italienischen von
Marianne Schneider

Suhrkamp

Titel der 1988 erschienenen Originalausgabe:
Le menzogne della notte
© Gruppo Editoriale Fabbri, Bompiani,
Sonzogno, Etas S. p. A., Milano 1988
Umschlagfoto: Gerhard P. Müller

suhrkamp taschenbuch 2313
Erste Auflage 1994
© der deutschen Ausgabe
Suhrkamp Verlag Frankfurt am Main 1991
Suhrkamp Taschenbuch Verlag
Alle Rechte vorbehalten, insbesondere das
des öffentlichen Vortrags, der Übertragung
durch Rundfunk und Fernsehen
sowie der Übersetzung, auch einzelner Teile.
Druck: Ebner Ulm
Printed in Germany
Umschlag nach Entwürfen von
Willy Fleckhaus und Rolf Staudt

1 2 3 4 5 6 – 99 98 97 96 95 94

Die Lügen der Nacht

A nous deux

I   Das Wo

Sie aßen sehr wenig oder gar nichts. Die Speisen, obgleich üppiger als gewöhnlich, da vom Eifer eines gutwilligen Gefängniswärters zubereitet, schmeckten feindselig, und kein Bissen war dabei, der nicht im Hals zu Asche geworden wäre. Appetitlosigkeit ist bekanntlich Pflicht bei Abschiedsabenden. Deshalb konnte sich der Baron – nachdem die Hinrichtung zum ersten Morgengrauen des nächsten Tages anberaumt war – nicht genug darüber erhitzen, daß man den Verurteilten heuchlerisch unnütze Leckerbissen gewährte, sie ihnen aber gleichzeitig durch den Gedanken an die drohende Frist skrupellos vergiftete.

»Mit leerem Bauch wird sich's nicht gut sterben«, jammerte er. »Und noch dazu so früh am Morgen! Wenn das Licht unsere Lebensgeister weckt...«

Saglimbeni gab ihm recht, in seiner gewohnten poetischen Manier: »Der Sonnenuntergang wäre wohl eine Zeit, die der Sache besser anstünde. Wenn trauriges Dämmerlicht, tief hängende Wolken, karmesinrote und violette Strahlen schon auf humanere Weise zur Ruhe gemahnen. So aber wird es uns vorkommen wie eine unerträgliche Verweisung.«

Der Soldat sagte nichts und schien seine Schuhspitzen zu betrachten. Er hatte sich den Kragen seines Kittels hochgeschlagen, als würde er frieren. Narziß aber stammelte: »Ob Abend oder Morgen, wo ist da der Unterschied?« und begann ohne jeglichen Anstand zu weinen.

Die Festung ist der einzige bewohnte Ort auf der Insel. Man sagt Insel und müßte eigentlich Felsklippe sagen. Handelt es sich doch um nichts anderes als einen Tuffsteinfelsen, der in Gestalt einer riesigen Nase auf sich selbst gewachsen ist: mühsam ansteigend da und dort; häufiger in kahlen Fels schroff abfallend. Ein Kanal trennt ihn vom Festland, so breit, daß ihn ein gutes Auge überbrücken kann. Trotzdem ist die Strecke, wohl durch die Tücke der Strömungen oder der Winde, für kleinere Schiffe kaum befahrbar, für die Arme des Schwimmers völlig unbezwingbar; so weiß man denn auch von keinem Entflohenen, dessen sterbliche Hülle, von Algen besudelt und von den Fischen zerfressen, nicht an den Landzungen von Capo Nero aufgelesen worden wäre.

Eine Meile oder anderthalb, damit ist der Ort umschrieben. Spärliche, vom Wind hergetragene Samen gehen auf, wo das Erdreich Kapernstrauch und Pfefferkraut duldet. Es weiden keine Tiere hier außer ein paar milcharmen Ziegen und einer herrenlosen Schar Esel, die sich am Strand zu Füßen der steilen, hohen Klippen tummeln; in den Nächten hört man ihr Jammergeschrei, den ganzen eisigen Januar lang ...

Während man einen gewundenen Pfad hinansteigt, umfaßt das Auge auf der einen Seite die grenzenlose Masse des offenen Meeres, ein endloses dunkelblaues Wogen gen Westen, dem erst der Horizont Einhalt gebietet; auf der anderen Seite, jenseits des Wasserarmes, das Festland, wo man verschwommen die Rundung eines Hafens erkennt, der mit seinen zwergenhaften Häusern öde und verlassen daliegt, ohne

Menschen, ohne Verkehr. Ebenso öde und verlassen der Himmel, wenn nicht ein einsamer Vogel als Überbringer geheimer Sentenzen zwischen der Insel und dem Königreich hin und her flöge.

Wenn man schließlich, eine Kehre nach der anderen hinter sich lassend, die Höhe erstiegen hat, ist die besagte Nase mit einem Schlag abgehackt und zu einem Plateau geworden, aus dem die Festung mit ihren mächtigen Bollwerken, eine schwere Masse aus hartem Granit, sich auftürmt und als einzigen farbigen Fleck die schöngetäfelte Eingangstür zeigt. Habt ihr deren Schwelle überschritten, nicht ohne daß euch Bewaffnete »halt« geboten und nach der Losung gefragt hätten, und wagt ihr euch dann weiter vor, wobei ihr auf den Pflastersteinen die Füße nun schon müde voreinander setzt, dann erblickt ihr, kaum daß das Kreischen der Türangeln verklungen ist, auf einer Archivolte zu eurem Schrecken und Trost zugleich einen Gedenkstein mit einem unbeugsamen Distichon:

Donec sancta Themis scelerum tot monstra catenis vincta tenet, stat res, stat tuta tibi domus.

Ihr mögt noch über dessen Bedeutung nachsinnen, während ihr den Hof durchmeßt und dabei den Stellen ausweicht, wo der Boden voller Rinnen ist, durch die das Regenwasser abfließt, bald aber die kleine Kapelle betrachtet, die in der Mitte steht und für Gottesdienste vorgesehen ist, denn diese sind eine unabdingbare Notwendigkeit in einer Lebenslage, wo man das Leben nur einem Zufall verdankt und es an mörderischen Gelegenheiten nicht mangelt: Man denke nur an den chronischen Durchfall, der die Häftlinge plagt; an die grausamen Sitten der Mitgefangenen, bei denen die Messer so locker sitzen; an die Strafe der Enthauptung, die der Gouverneur nach Gutdünken verhängt, auch bei kleineren Missetaten.

An den vier Ecken des freien Platzes stehen Schilderhäuschen, welche die Wachposten vor den Meteoren schützen, und acht Gaslaternen erhellen ihnen die Nächte. Trotzdem hat der Stockmeister schon mehrmals Klage erhoben: ein Überrest intakten Schattens leiste bösen Absichten Vorschub. Wozu der Versorgungsoffizier meinte: »Die sollen nur ausreißen, wenn sie soviel Schneid haben. Für uns ein paar Münder weniger zu stopfen. Freibankfleisch für die Ungeheuer im Meer.«

In seinem gesamten Verlauf betrachtet – und wenn man es mit einem Bild sagen möchte –, gleicht der Bau den Zangen eines Skorpions, die an einer Stelle einander so nahe kommen, daß gerade noch die Öffnung für die Wageneinfahrt freibleibt. Wenn sich der Blick von hier in Richtung des Hauptturms erhebt, erscheinen die senkrecht abfallenden Mauern mit den hundert Schießscharten der hundert Verliese, dahinter hundert gespenstische Gesichter auf der Lauer, neugierig dem Ankömmling zugewendet.

»Eine Residenz im pompejanischen Stil«, scherzte Saglimbeni, als er im Begriff war, das Fallgitter zu überschreiten. »Mit dem Rücken zur Welt, ein Belvedere mit Blick auf die inneren Annehmlichkeiten. Ein Sanssouci, mit anderen Worten, eine Sommerfrische für hohe Häupter...«

Der Gerichtsschreiber fühlte sich beleidigt, ohne etwas verstanden zu haben, während er in einiger Entfernung seiner Blase Erleichterung verschaffte, und kam, ihm den linken Zeigefinger mit dem rechten Daumen in die Handschellen einzuschließen. Im übrigen genügten fünf Minuten, um dem Gefangenen, der die Wucht der Sonnenstrahlen auf den schrägen Bleidächern zu spüren bekam, klarzumachen, daß er sich hier in der Hölle befand, auf einen Schlund mehr oder weniger kam es da nicht an.

Die Räume im Erdgeschoß, erreichbar über einen Laubengang mit Säulen, auch Galerie genannt, dienen militärischen und zivilen Zwecken. Wenn man Bescheid wissen will und die ganze Runde einer kritischen Musterung unterzieht, kommt einem zuerst die Wachstube unter, mit ihren Bänken, Waffenständern, dem Ersatzriemzeug und dem häufigen Stimmenlärm; dann die Waffenkammer, glorreich Arsenal genannt; darauf die Schreinerei; die Schmiede; das Disziplinarkämmerchen, alias Folterkammer; die Krankenaufnahme mit dem Arztkabinett; die Wäschekammer mit ihrem Geruch nach Hanf; die Schenke; die Bäckerei oder Brotstube; die Küche oder das Feuerloch; die Schreibstube; die Latrine; das Quartier der Soldaten. Und schließlich dort, wo sieben Stufen abwärts führen, die niedrige Tür zu einem unterirdischen Verlies, wo ein Unverbesserlicher eingeschlossen ist, der halb von Sinnen jeden Morgen, wenn der Tag graut, den Hahnenschrei nachahmend, ein schrilles Kikeriki anstimmt...
Ein ganzer Flügel des ersten Stockwerks stünde ei-

gentlich dem Gouverneur zur Verfügung. Aber der, seit langem Witwer und von schwacher Gesundheit, beschränkt sich gern auf drei Zimmer und überläßt die anderen, angrenzenden, den Offizieren. Seine Güte entspringt jedoch der Berechnung und hat nur den einen Zweck, selbst die indiskretesten Inspektionen als Anstandsbesuche zu tarnen. Doch sein Domizil erkennt man an den zwei im Wind wehenden Fahnen, die aus den Balkonen herausragen: das weiße Tuch mit den königlichen Lilien und das gelbe Banner des Regiments mit dem schwarzen Greifen, der wie ein Schild aufgemalt ist, und rund herum die Namen der berühmten Schlachten.

Ein episches Gedenken, aber wenig kümmert es die Spatzen, die auf den Fahnenstangen zu rasten belieben, bevor sie auffliegen und vor den Gittern piepen. Hier auf den Fenstervorsprüngen erwartet sie an jedem neuen Tag ein Häufchen Brosamen, das die Eingeschlossenen ausstreuen, um zu vergessen, daß sie allein sind. Gezähmt und dadurch frecher geworden, schlüpfen die Vögel dann durch die Gitterstäbe in die wohlgesonnensten Zellen, wo sie dem einen oder anderen aus der flachen Hand picken oder auf dem kahlgeschorenen Schädel herumhüpfen oder auch neugierig auf dem armseligen Hausrat verweilen... Bis sie das Himmelsblau zurückruft und sie – denn sie können es ja – wieder fortfliegen, hinaus ins Freie.

Die Zellen, ja, sprechen wir ein wenig von den Zellen. Sie sind länglich und blind, mit einer einzigen Öffnung ganz oben, wo man nur hingelangt, wenn man die Hände eines anderen als Steigbügel benützt, und von wo aus die Sicht nach unten spärlich ist, da die Ausschmiegungen, mit Vorbedacht schräg gebaut, beinahe alles verdecken.

Der Boden mißt dreizehn mal siebzehn Spannen und enthält einundfünfzig Pechplatten, zum Zeitvertreib gezählt, eine nach der anderen, die sowohl bei übertriebener Hitze wie bei übertriebener Kälte merkwürdig schwitzen. Vier Bretter stehen, solange es hell ist, an die Wand gelehnt und werden abends auf den Fußboden gelegt, einander gegenüber, dazwischen bleibt ein begehbarer Korridor, ein abendliches Schlachtfeld, wo auf kleinstem Raum die chaotischsten Gefühle aufeinanderprallen und sich austoben: finsterer Zorn und verzweifelte Schmeichelei.

Als ewiges Licht, gerade ausreichend zum Zählen der Würfelaugen, hängt ein Öllämpchen an einem in die Mauer geschlagenen Haken. Das Bild der Hilfreichen Muttergottes, mit Spucke und Brotkrümchen über dem Licht an die Mauer geklebt, hört abwechselnd Schmähreden und Gebete. Verräuchert ist es freilich und schwarz, eine Zuflucht winziger Spinnen, die man mehr aus Faulheit denn aus Barmherzigkeit verschont.

Feuchtes Gemäuer, abbröckelnder Verputz, genau das Richtige, um sich einen Brocken Kreide abzubrechen und so auf dem Fußboden mit erfundenen Gestalten zu spielen. Man zöge es denn vor, ohne die Zuversicht, je zu einem Ende zu kommen, aus dem Stroh in den Strohsäcken einen Hut anzufertigen ...

An Hausrat gibt es nicht viel: vier Steinblöcke als Stühle, im Boden verankert, damit sie nicht zu Waffen werden können; in einer Ecke ein Tonkrug, in den Herzen und Messer eingeritzt sind; eine Tür aus Eichenholz, mit Eisenbolzen versehen und mit einem Guckloch zu ständiger Bespitzelung und immerwährendem Appell, aber auch mit einem Türchen, das sich nur von außen öffnen läßt und durch das Suppennapf und Exkrementenkübel geschoben werden; die Entleerung des letzteren in einen zwischen zwei Holzstangen hängenden Bottich nehmen weder die Wachposten noch andere Soldaten vor, sondern zwei oder drei Zivilisten, die, unblutiger oder leichterer Vergehen schuldig, selbst in Anbetracht der schmutzigen Obliegenheit glücklich sind, sich die endlosen Gänge entlang die Füße ein wenig vertreten zu können und mit ihren weniger vom Glück begünstigten Kameraden ein paar Worte zu wechseln. Mitunter nehmen sie es auf sich, heimliche Botschaften hin und her zu tragen, was in den Augen der Obrigkeit ein unverzeihliches Verbrechen ist und was sie nicht selten unter einer Musketensalve teuer zu stehen kommt. Dem Gouverneur hat dies einen Spitznamen nach der neuesten Mode eingebracht, nach dem Baß in einer Oper nennt man ihn Sparafucile.*

Von König und Königreich keine Kunde. Ein paar Schläge an die Mauern gleich fernen Trommelwirbeln, und die Häftlinge wissen, die Königin hat einen toten Erben geboren, und wenn somit nun der König stürbe...

Auch vom Meer wissen sie, durch das Getöse, das an stürmischen Tagen um die Grundfesten der Insel

* Anmerkungen am Ende des Buches

braust; aber auch vom Himmel wissen sie, der sich
wie ein Schachbrett in der Öffnung des Lichtschachts
zeigt, immer wieder in andersfarbigen Vierecken,
von Fleischrosa nach Grau oder Perlfarben über-
wechselnd, je nach den Tages- und Jahreszeiten. Sie
wissen auch von den Sternen und ihren Bahnen; von
der kleinen Wolke, die monatelang pünktlich jeden
Mittag erschien, ein Bild zäher Hoffnung, sich dann
aber unvermittelt auflöste wie eine Schneeflocke im
Haar eines laufenden kleinen Mädchens; sie wissen
von einer verschwundenen Wolke, die nie wieder
erschien. Sie wissen, daß jenseits des Meeres jemand
an sie denkt, da es (welch heuchlerische Großmut!)
gestattet ist, einmal im Monat Geschenke zu empfan-
gen: Pfeifentabak, Wäsche zum Wechseln, alles Nö-
tige, um sich Kaffee zu kochen, eine Bibel in mehreren Sprachen ... Sogar ein Tintenfaß aus Messing war
einmal dabei. Gleich doppelt unnütz: weil ihm die
Tinte fehlte und weil Schreiben hier verboten ist. Sie
wissen vor allem, daß die AMTSGEWALT sie nicht ver-
gißt, sondern in fernen Amtsstuben auf ein Ende mit
Siegellack und Unterschriften hinarbeitet, in das die
irdische Geschichte eines jeden von ihnen münden
soll (ein Sausen in den Ohren kündigt ihnen das
Herannahen dieses Endes an).
Indessen träumen sie vom Königreich: von seinen
Straßen, seinen Wäldern, seinen fetten Ebenen, wo
sie bisweilen im Vorüberreiten einen einsamen Och-
sen vor einem Pflug sahen und eine kindliche Mäd-
chengestalt dahinter mit nackten Beinen und einem
Kopftuch über dem blonden Haar; und das Mädchen
grüßte sie, und sie dankten ihm mit einer Handbewe-

gung, und es war, als hätten sie sich geküßt..., träumten von Konzertsälen und Schauspielhäusern und ihren tausend Lichtern, die sich verschwenderisch noch über den Bürgersteig ergossen, von den Gesichtern der Damen in den Rauchsalons, vor Jugend und Gesundheit glänzend, von Walzern, Fächern, Kutschen, Abschieden, bei denen man sich mit den Augen in der Menge suchte, bevor ein Peitschenknall die Geschicke im Dunkel auseinanderführte... träumten von dem stürmischen Glück, am Leben zu sein, zu spüren, wie alle Glieder ein genaues Blut durchströmt, eine treue Wärme sie zusammenhält, wie sie zum Bersten voll sind mit Worten und Geschichten und voll Harmonie, vielleicht sogar unsterblich!

Mitten in der Nacht weckt sie, den einen früher, den anderen später, ein Alarmzeichen hinter der Stirn, das sich nicht irreführen läßt von einem noch so freundlichen Mond und genau und fordernd wie eine Pendeluhr jeden einzelnen daran erinnert, wie viele Tage, Stunden, Minuten er noch zu leben hat; so werden sie geweckt, und so überrascht sie der erste Widerschein der feuchten Morgensonne immer: die Augen an die Decke geheftet, halb noch von Träumen überflutet, halb schon von Angst befleckt, damit beschäftigt, zwischen den einzelnen Balken Kraft- und Fluchtlinien zu zeichnen: ein Flechtwerk von Abzweigungen, Fallinien und Rissen, an dessen Ende eine glückliche Gewichtlosigkeit, ein luftiger Wahn, ein Fluggefühl auf sie wartet, was in der ungesprochenen und ungeschriebenen Sprache des Gefangenengeistes einer jungfräulichen, lauteren Vorstellung von Freiheit gleichkommt.

II Wer und was für einer

Wer die vier sind und wie in die gegenwärtige Schlinge geraten, darüber frischt sich der Gouverneur Consalvo De Ritis beim Schein einer Kerze zwischen zwei Anfällen seines Übels das Gedächtnis auf. Zu diesem Zweck schöpft er nicht aus der unermeßlichen Bibliothek der Protokolle und Vernehmungen, wo mit Fleiß und Sorgfalt die Verschwörung *in extenso* niedergelegt ist; sondern er überfliegt mit dem einen scheelen Auge, das ihm geblieben, in einem dünnen Heft die vier Lebensläufe, die, von der tugendsamen Feder eines Adjunkten aufgeschrieben, nur noch durch das Amen des letzten Datums zu vervollständigen sind.

Die Lebensläufe, die wir, ihm über die Schulter blikkend, mitlesen, lauten, wie folgt:

CORRADO INGAFÙ, *Baron von Letojanni, Didimo für die Gesinnungsgenossen, reifen Alters, mittlerer Statur und eher schwerfälligen Leibes. Längliches, hageres, bärtiges Gesicht. Haarfarbe kastanienbraun, aber von weißen Fäden durchzogen. Nach außen hin sanften Wesens, unter dieser Schale jedoch unbesonnen, der verwegensten und ungeheuersten Unternehmungen fähig. Adeligen Geblüts, lebte er lange als friedlicher Nichtstuer bei Hof, bis er eines Tages einem Hirngespinst zum Opfer fiel und, seinesgleichen hassend, entartete.*

Da begann er, dem Vorbild anderer Hitzköpfe folgend, nach jenseits der Alpen zu reisen, wo er sich die

Sektiererseuche zugezogen haben soll und von wo er merkwürdig froher Miene und über die Maßen redselig zurückkehrte, während er früher immer zu schweigen beliebt hatte. Es dauerte nicht lange, da hieß es, er habe sich abgesetzt und von der Bande, die einen Aufruhr im ganzen Land entfachte, anheuern lassen, sich ihr mit Leib und Seele verschrieben und sei nun der Stellvertreter des geheimen Anführers, des so genannten Gottvaters.

Jahrelang unterwegs in Wäldern und auf Chausseen, vollends zum Übeltäter und Mörder geworden. Momentane Erleichterungen vorgaukelnd, verstand er es, ständig die Unzufriedenheit des Pöbels zu schüren. Nirgends zu finden, da er sich verschlagenerweise in keiner Gegend länger aufhält, sondern mit seinem Gefolge von der einen in die andere wechselt, unterstützt durch das Einverständnis mit den ortsansässigen Bösewichtern; selbst einen Unterschlupf in der Hauptstadt verschmäht er nicht, um sich heimtückisch zum Schaden der Krone zu bewegen.

Ein Kennzeichen verrät ihn, wenngleich man geraume Zeit an seiner Seite leben müßte, um ihn zu ertappen: bei Gewittern nämlich befällt ihn ein so eigentümliches Unwohlsein, daß er zu stöhnen anfängt und sich, nicht anders als ein Knäblein, in Schränken versteckt. Davon sollen alle Gastwirte Kunde bekommen, damit sie im Fall eines unbekannten Gastes Verdacht schöpfen.

Von anderer Hand und mit frischerer Tinte:

Gefangengenommen den 7. Februar, mitten in der Volksmenge sofort nach dem Blutbad, selbst verwundet von einem glühenden Splitter der Höllenmaschine, noch Schießpulvergeruch in den Kleidern. Des Hochverrats schuldig und geständig, vom Gerichtshof des Vizekönigreichs zum abschreckenden Beispiel vierten Grades verurteilt, den 12. Oktober.

Urteilsvollstreckung in Festungshaft mittels Enthauptung, den ...

SAGLIMBENI, *angeblich Dichter, gehört zu den finstersten Aufständischen, sein wahrer Name ist unbekannt, Alter, dem Aussehen nach, vierzig. Ein gebürtiger Korse aus Ajaccio nach den Aussagen der einen, gebürtiger Neapolitaner aus Casamicciola nach den Aussagen der anderen. Von Beruf Drucker nach einigen Aussagen, Professor nach anderen. Dichter nennen ihn alle, wegen seiner Schmähgedichte gegen Thron und Altar, die auf den einfältigen Lippen des niedrigen Volkes wie ein Evangelium klingen.*

Von ausladender und einschmeichelnder Rede, die zum Bösen verleitet; wohlproportionierte, stattliche Figur, wenngleich zur Fettsucht neigend; finster, doch wohlwollend, der Blick, pausbackig, gesunde Farbe, Augen, die zu lachen scheinen. Rundes, weibisch bartloses Gesicht, ebenso weibisch die sorgfältige Pflege seines Äußeren, die jeder anderen Dringlichkeit vorgeht; man erzählt sich schier Unglaubliches darüber. Wie etwa: Als er, schon von den Milizen umzingelt, sich, da verständigt, in Sicherheit hätte bringen können, dem Barbier aber befahl, ihm weiter das Haar zu richten, wonach er durch einen verwegenen Sprung über die Dächer trotzdem davonkam.

Ein majestätischer Abenteurer, wenn es je einen gab. Eines Tages täuschte er Reue vor und stellte sich freiwillig dem Richter Sbezzi, dem er bei trautem Zusammensein ein volles Geständnis zusicherte. Er entkam straflos als Dame verkleidet, nachdem er den Richter, als dieser ihm die Tabaksdose reichte, mit Pfeffer geblendet hatte.

Als Liebhaber der Musik pflegt er sich in Logen und Foyers herumzutreiben und dort Kokarden und umstürzlerische Zettel auszustreuen. Der Kriminalpolizei sei geraten, an jenen Orten nach ihm zu fahnden.

Von anderer Hand und mit frischerer Tinte:

Gefangengenommen drei Tage nach dem Blutbad, auf der Treppe des Opernhauses an dem Abend, als die »Horatier und Kuratier« aufgeführt wurden.

Des Hochverrats schuldig und geständig, vom Gerichtshof des Vizekönigreichs zum abschreckenden Beispiel vierten Grades verurteilt, den 12. Oktober.

Urteilsvollstreckung in Festungshaft mittels Enthauptung, den ...

AGISELAO DEGLI INCERTI, *Soldat, dreißig Jahre. Unehelicher Abkunft, von der unbekannten Mutter vor dem Findelhaus ausgesetzt, wuchs er im Waisenhaus auf und schien für den Priesterstand bestimmt, riß aber unvermutet aus, knapp sechzehnjährig, um unter falschem Namen und mit gefälschtem Geburtsdatum – sich älter machend – ins Heer einzutreten. So nahm er mit dem Kragenspiegel eines Grenadiers am*

22

*letzten Mazedonischen Krieg teil; als er durch seinen
verächtlichen Ungehorsam jedoch den Haß eines Of-
fiziers auf sich zog, erfaßte ihn ein so großer Zorn
gegen diesen, daß er ihn kaltmachte und den Kaltge-
machten auf unflätige Weise seiner Schamteile be-
raubte, worauf er, um dem Richtblock zu entgehen,
sein Heil im Gewühl eines feindlichen Ansturms
suchte. Dann hörte man nichts mehr von ihm, außer
daß er hier im Königreich in drei Dörfern die Bürger-
wehr entwaffnet und die Kerkertüren aufgestoßen
hatte, stets als Gefolgsmann des Barons Ingafù, dem
er treu ergeben sein soll.*

*Von so wandelbarem Sinn, daß er von der knaben-
haftesten Hoffnung in völlig tatenlosen Trübsinn ver-
fällt; von unlauterem Geist, gefällt ihm die Beschäfti-
gung mit den subtilsten Themen – Gott, Staat und
das Wesen des Menschen... – aber stets in Gestalt
mißlicher Spitzfindigkeiten, aus denen ihm wider-
sprüchliche Antriebe erwachsen: so fühlt er sich bald
zu grausamen Torheiten, bald zu geheimnisvollem
Mitleid gedrängt. Als sein Werk vor allem betrachtet
man, aufgrund seiner langjährigen Vertrautheit mit
Zündschnur, Mine und ähnlichem Schießzeug aus
Schwefel und Salpeter, die Höllenmaschine, die mit so
großem Blutvergießen am Jahrestag der Thronbestei-
gung unter der Königsloge explodierte. Grobschläch-
tiges Gesicht, rabenschwarze Augen, das normale
Maß überragende Statur. Erkennbar an einer Tätowierung: einem Insekt, das nach Seemannsart in seinen Arm eingraviert ist.*

Von anderer Hand und mit frischerer Tinte:

Gefangengenommen den 9. Februar, auf seinem Zimmer in dem Gasthof, wohin er nach dem Blutbad geeilt war.

Des Hochverrats schuldig und geständig, vom Gerichtshof des Vizekönigreichs zum abschreckenden Beispiel vierten Grades verurteilt, den 12. Oktober. Urteilsvollstreckung in Festungshaft mittels Enthauptung, den . . .

NARCISO LUCIFORA, Student. Unbestimmten Alters, aber seinem Aussehen nach fast noch ein Knabe, wenngleich wohl weniger jung, als es scheint. Von zartestem Alter an hitzigen und aufrührerischen Sinnes gegen jegliche Macht auf Erden und im Himmel; so daß er öffentlich Ärgernis erregte, nicht nur in Kaffeehäusern und Gerichtssälen, sondern sogar mehrmals bei Prozessionen und Aussetzung des Allerheiligsten.

Der Venus verfallen, dazu wie geschaffen durch seine Gestalt, die auf seltsame Weise Kraft und Anmut in sich vereint, feingliedrig und sehnig zugleich, ein rechter Herkules und Apollon in einem. Breite Schultern, schlanke Beine, lockiges schwarzbraunes Haar, im Nacken jedoch glatt rasiert. Helfershelfer und treuer Schatten des Saglimbeni, bei jedwedem Wagnis an dessen Seite, dafür trotz seiner Jugend eingeweiht in den letzten Stand der geheimsten Machenschaften und Mitglied des Republikanischen Direktoriums, das sie zum Spott das Heilige Offizium nennen und das als Mittler zwischen dem verborgenen Oberhaupt und den Anhängern steht. Aus der Nähe wurde er das letztemal gesehen, als er gerade den Palazzo Linares verließ, in den er durch ein Fenster im Erdgeschoß gelangt war; ob er Hausrat oder die Ehre eines Weibes rauben wollte, entzieht sich unserer Kenntnis. Der Verfolgung entwischte er durch unvorhergesehene Kühnheit. Unter dem Jäckchen aus geblümter indischer Seide trug er ein himmelblaues Hemd, Hosen aus grobem Wollzeug und an den Füßen leichte städtische Schuhe.

Von anderer Hand und mit frischerer Tinte:

Gefangengenommen den 7. Februar mitten in der Volksmenge im Gefolge des Barons. Er trug unmittelbar auf dem Leib große Papierstücke, mit arabischen Ziffern übersät, als wäre es eine Geheimsprache. Darüber vernommen, verteidigte er sich, dies diene ihm als Stütze für sein Gedächtnis, da er ein überaus leidenschaftlicher Lottospieler sei; später dann, den Kanzler aufs neue zum Narren haltend, dies seien Liebesbriefe unkeuschen Inhalts, die er nie preisgeben würde, aus Respekt vor der Reinheit unserer Ohren...
Des Hochverrats schuldig und geständig, vom Gerichtshof des Vizekönigreichs verurteilt zum abschreckenden Beispiel vierten Grades, den 12. Oktober.
Urteilsvollstreckung in Festungshaft mittels Enthauptung, den...

Der Gouverneur ist des Lesens müde, er hat sich quer über das Kanapee gelegt, Kleider und Stiefel anbehalten, die Stiefelspitzen dort unten erscheinen ihm in weiter Ferne: als gehörten sie einem anderen, einem Ermordeten. Er betrachtet sie mit seinem einzigen Auge und glaubt, am Rand zwei oder drei getrocknete Schmutzspritzer zu erkennen (›Wie bald der Winter gekommen ist‹, denkt er. ›Balestra bekommt was zu hören ... Ist nicht mehr so dienstbeflissen wie früher, das Vieh ... Herrgott, mein Kopf, tut das weh ... Lange wird's nicht mehr dauern mit mir ...‹); mit dem anderen Auge unter der Binde, dem blinden, starrt er in eine unwandelbare Schwärze, wo seit dreißig Jahren die zweite, die wahrhaftere Hälfte seines Daseins ihren Sitz hat. Er möchte Balestra beim Namen rufen, aber es versagt ihm die Stimme. Da greift er nach der Glocke auf dem Nachttisch und läutet, bis sein Bursche, den Ausdruck falschen Eifers in seinem zahmen, plattnasigen Dienergesicht, das ihn wer weiß wie lange überleben wird, zur Tür hereinkommt. Wozu ihn ausschimpfen? Er verzichtet darauf, verlangt nur das Monokel und den Umschlag auf dem Sekretär, den solle er ihm auf den Stuhl neben dem Bett legen (›Herrgott, tut das weh‹, denkt er. ›In meinen Knochen hockt eine Maus und knabbert ... Lange dauert's nicht mehr‹) und ihm die Kerze vor das gute Auge rücken.

Aus dem Umschlag zieht er ein Blatt heraus, den vorigen ähnlich, aber von einer eigenen Kordel zusammengehalten. Aufzuschnüren vermag er nicht mehr, denn schon wird er von einem erneuten Anfall geschüttelt, der ihm den Mund verzieht, ihn aus seinem Zimmer entführt, dessen vier Wände auseinanderschiebend ...

Es ist ihm, als ginge er durch einen längst vergange-

26

nen Garten, zwischen Oleanderhecken in einer duft-
getränkten, lauen Luft. Der Weg ist so schmal, daß ihn
nur eine einzige Person beschreiten kann, und das gibt
ihm ein Gefühl der Sicherheit und Freude wie bei
einem Versteckspiel. Er geht auf ein Gesicht zu, das
auf ihn wartet, das Gesicht seiner Frau vom Abend
ihrer ersten Begegnung, einem Galafest der Lanzen-
reiter, ein kleines erwartungsvolles, strahlendes Gesicht hinter dem Auf und Nieder eines Fächers. »Küß
mich«, haucht es, und er läuft auf den Kuß zu, aber er
fühlt, wie sich unter seinen Lippen die Lippen zu
Geschwüren und Krusten verformen. Schaudernd
löst er sich los, die Finsternis verschluckt die bucklige
Gestalt der Frau. Aber zuvor schreit sie noch: »Das
wirst du mir eines Tages büßen!«, wobei sie ihm aus
der Ferne mit einer Geste zeigt, wie sie ihm beide
Hände um den Hals legt, als wollte sie ihn erdrosseln.
Da wird ihm, als verlöre er den Boden unter den
Füßen. Nun stürzt er in einem Wetterleuchten
schwarzer Blitze hinab auf den Grund einer Falle, in
einen Brunnen voll Regen, ob rot von Wein oder Blut,
weiß er nicht, zwischen dessen hoch aufschießenden
Strahlen er schließlich versinkt. Ein Fußtritt befördert
ihn noch einmal kurze Zeit an die Oberfläche: er
schwimmt in großen Zügen, aber je größer sie werden,
desto mehr versinkt er ... Da erwacht er, zwar nur in
Schweiß gebadet, aber so triefend wie ein vollgesoge-
ner Schwamm.
»Heiliges Herz Jesu, Heiliges Herz«, fleht er tonlos
und knöpft sich mit ungeduldigen Fingernägeln den
Waffenrock auf; da die Verschnürungen ein wenig
Widerstand leisten, reißt er sie ab.

Der Schmerz nagt weiter an ihm, als hätte er Zähne. Nein, eine zufällige Unordnung ungehorsamer Fasern kann das nicht sein, schon eher die Frucht einer perversen Absicht. Er beißt sich in die eine Hand, nur leicht, ohne die Zähne hineinzuschlagen; mit der anderen knöpft er sich die Hose auf, setzt seine Leisten der Luft aus, als könnte ihm das ein wenig Erleichterung verschaffen. Ja, irgend jemand, eine Maus oder Gott, führt etwas gegen ihn im Schild und läßt Krämpfe und Ruhepausen planvoll abwechseln. Er wird gut daran tun, ihm zu willfahren, sich daran zu gewöhnen, mit dem Schmerz zu leben, indem er ihn in das Verzeichnis seiner alltäglichen Gewohnheiten aufnimmt...

Ob es nicht besser wäre zu beten...

Er gewöhnt seine Lippen wieder an das Gemurmel, die ersten Silben des Gebets zieht er aus einem uralten Abgrund herauf.

»*Pater noster*«, stammelt er, »*qui es in coelis*...«, aber er kann es nicht mehr, seine Gedanken entgleiten ihm, folgen dem Schatten eines anderen Vaters, dem unbekannten *Gottvater*, vor dem schirmend die vier Todgeweihten stehen.

»Ihr seid zwar gesund«, lächelt er finster, »aber ihr werdet vor mir sterben.«

Und er löst die Kordel von dem Blatt, setzt sich das Monokel ein und beginnt mit amtlicher Stimme erneut zu lesen:

NOTIZ FÜR DIE LISTE DER LANDESVERWEISUNGEN:
gegen Unbekannt
vom Volk Gottvater *genannt.*

Urheber und Herr der Verschwörung, deren Versammlungen er vorsitzt und deren Geschicke er aus dem Dunkel lenkt; er ist – nach vertraulichen Mitteilungen und der verbreiteten Volksmeinung – derjenige, welcher tief vermummt die Aufnahme von Novizen billigt und diesen mit Hilfe einer Stecknadel durch einen Blutschwur die Weihen erteilt; er gibt Parolen und Befehle aus; er weist den Weg zu den Taten; er bestimmt die Opfer.

Von Angesicht kennen ihn nur die vier des Heiligen Offiziums oder Komitees, die sogenannten Evangelisten, die mit so abgöttischer Liebe an ihm hängen, daß sie ihn als ihren Gottvater verehren, woraus dann sein öffentlicher Spitzname wurde. Mehr wollten sie über ihn nicht aussagen, auch nicht unter dem Druck und Zwang der Folter. Dennoch weiß man etwas von seiner Stimme; wenn man einem Spion glauben darf, der sie angeblich im Dunkeln gehört hat, ist es eine warme Stimme, die schmeichelt und in aller Falschheit zum Guten aufhetzt, manchmal aber, sei es wegen eines wirklichen Fehlers oder eines nur vorgetäuschten, plötzlich bricht und stottert.

Einer Indiskretion zufolge, mit Vorbedacht ausgestreut, um die Besten mit Schmach zu bedecken, soll er aus höchstem Hause stammen, einem der ersten des Königreichs, aber dem Spiel verfallen und von Schulden heimgesucht sein. Noch eine weitere, verhängnisvollere und lächerlichere Verleumdung, die aus anonymen Briefen dieser Staatsanwaltschaft bekannt geworden ist, soll nicht verschwiegen werden: um zu erfahren, wer er sei, brauche man nur ...

Es folgt eine unleserliche ausradierte Stelle, und der Gouverneur verzieht sein Gesicht: »Überaus vorsichtig, Herr Gerichtsschreiber«, entfährt es ihm laut, »zuerst schreibst du nach Pflicht und Schuldigkeit, und dann verdirbst du's, als würde es dir unter den Fingern brennen. Wenn du nur nicht selbst schon liberal angekränkelt bist, so einer mit Bartstoppeln am Kinn, was ja ein untrügliches Zeichen sein soll . . .«

Die Schmerzen haben sich indessen beruhigt. Wohl bleibt ihm noch ein Gefühl der Zerschlagenheit und Mattigkeit, wie wenn man sich als Kind wehgetan hat und noch ein wenig verhätschelt werden muß. Er kann aufstehen, und er steht auf. Er rückt sich kurz die Binde über seinem toten Auge zurecht, geht zum Schreibtisch, wo er dem Schriftstück noch einige Zeilen aus seiner Hand hinzufügt, es dann faltet und wieder in den Umschlag steckt. Einen Augenblick betrachtet er sich schließlich aus der Nähe im Spiegel über der Kredenz, beinahe als hoffte er, in seinem Gesicht ein Geheimnis zu entdecken, dann entfernt er sich mit dem Schritt eines alten Mannes.

III Unterhandlungen

Jovialen Schrittes, mit über dem Bauch baumelnden
Schlüsseln, hatte sich der Scherge Licciardello eingefunden. Er hatte nicht erwartet, nachdem er den
Schlüssel dreimal im Schloß umgedreht, daß die Gefangenen noch genauso dasaßen, jeder auf seinem
Platz, die vollen Speiseschüsseln noch zwischen den
Knien. Voll, aber nicht mehr servierbar, wie er leicht
bekümmert bemerkte, nachdem jeder die Asche darauf gestreut und seine letzte Zigarre darin ausgedrückt hatte.
Er hatte die Tür hinter sich nur angelehnt und näherte sich mit einiger Vorsicht. Allzuoft hatte er gehört, daß sich derlei Kunden, da sie nichts mehr zu
verlieren hatten, mit der nackten Gewalt ihrer Hände
an ihrem Kerkermeister rächten. Daher trug er den
Ochsenfiesel am Gürtel und hatte auf dem Gang
einen bewaffneten Wachposten aufstellen lassen, der
auf den geringsten Schrei herbeieilen würde.
»Schade um die Gottesgabe«, meinte er, ohne sich an
jemanden insbesondere zu wenden, und nahm den
vieren die Teller aus den Händen, leerte sie nachein-
ander in ein Fäßchen auf Rädern, das er wie einen
Schubkarren vor sich her transportierte.
Die vier saßen auf den steinernen Sitzen, zur Feier
des nächsten Tages bereits angetan mit einer Art Uniform aus grobem, stacheligem Tuch, die ihnen wie
eine Kutte bis zu den Füßen reichte. Wie gewöhnlich
hatten sie unter den Verschlußbolzen der Fußfesseln
einen Lumpen geschoben, damit diese an den Fersen

nicht ins Fleisch einschnitten, und sie saßen reglos und schweigend da, auf die Reden des Mannes antworteten sie nicht einmal. Da dieser aber aufdringlich fortfuhr: »In der Nacht bekommt ihr dann Hunger. So eine Nachtwache zieht sich in die Länge«, verabschiedete ihn der Baron mit einem unmißverständlichen Wink.

Schon beinahe auf der Schwelle, drehte er sich noch einmal um und sagte: »Später kommt noch ein Barbier, der wird euch kahlscheren. Ihr braucht nicht hinauszugehen und er nicht hereinzukommen. Ihr werdet eure Köpfe zum Schlag hinaushalten, einer nach dem anderen.«

Melancholisch zu Narziß gewandt, deklamierte Saglimbeni: »Bald werden diese Locken fallen, oh mein Phaidon« und strich ihm väterlich liebevoll über den Kopf. Aber da hörte man ein Stimmengewirr und den Tritt von Stiefeln auf dem Gang.

Der Gouverneur stieß die Tür auf und trat ein. Er mußte sich ein wenig nach vorne beugen, so groß war er. Durch ein Naserümpfen äußerte er sogleich sein Mißfallen an Schwüle und Schweißgeruch, die in den Mauern nisteten. In demselben Moment sah man zwischen den Türflügeln hinter ihm die Flinten seiner Eskorte aufblitzen, während der Wachposten von vorhin sich in Habachtstellung an die Mauer preßte.

Licciardello, verwundert über diesen unerwarteten Besuch, schwankte zwischen der militärischen Grußpflicht und der Schicklichkeit, den Karren mit den Abfällen, dessen Lenkstange er in der Hand hielt, hinter sich zu verbergen.

Aber »Weg mit dir, weg mit euch allen!« kam es vom Gouverneur, der seinen Worten auch noch eine Geste nachschickte, und: »Laßt mich allein mit den Gefangenen«, wobei er die Tür auf den dürftig erleuchteten Gang mit einem Fußtritt schloß.

Die vier waren wohl sitzen geblieben, aber einerlei war es ihnen nicht. Spitzname, Ruf und Gestalt des Besuchers waren ihnen selbstverständlich bekannt; nicht seine Stimme, denn schweigend und aschfahl hatten sie ihn nur kurz dastehen sehen, während sie auf der Folterbank litten. Aber daß er in dieser verzweifelten Lage, in der jede Neuheit für sie nur eine günstige sein konnte, denn etwas Schlimmeres als das Schlimmste gibt es ja nicht... daß er sich jetzt eigens zu ihnen bemüht hatte und es wagte, sich ihnen ohne jegliche Rückendeckung zu nähern, das verursachte in ihren Adern einen Kitzel, einen Aufruhr, der, wollte man ihn benennen, keinen anderen Namen duldete als »Hoffnung«.

Dennoch hatten sie alle – sollte gleich die Begnadigung durch den König der unerwartete Obolus aus seiner Hand sein –, wie in gemeinsamem Einvernehmen, eine gleichgültige Miene aufgesetzt und warteten schweigend auf ein Wort oder eine Geste. Es verging eine Minute, es vergingen zwei. Zeit genug, ihn von Angesicht zu Angesicht zu mustern, den Gouverneur: beinahe ein Riese, rötlich der Bart und rötlich die Koteletten, das Haupthaar aber, wo es nicht einem kreisrunden Haarausfall gewichen war, merkwürdig ergraut; so fremdländisch das Aussehen, daß man ihn, wäre nicht sein einheimischer Nachname gewesen, für einen Schweizer oder

Schwaben hätte halten können, der von seinem Berg heruntergestiegen war, um hier unten sein Glück zu versuchen. Ein Krieger, wegen seiner angeschlagenen Gesundheit auf dieses entlegene Eiland verbannt, wo er Ansehen und Stolz des militärischen Schauspiels hochhielt, was so weit ging, daß er häufig Krieg spielte und die Garnison durch vorgetäuschte feindliche Landungen und Defensiven erschöpfte; und den Generalstab unfehlbar zur Mittagessenszeit in seinem Schmerzensgemach zusammentreten ließ.

So weit die äußere Hülle. Aber man erzählte sich von ihm noch ganz andere Unternehmungen von verschlagener Grausamkeit, aus der Zeit der Belagerung von Scutari. Indessen munkelte man, die gegenwärtige Hypochondrie habe ihn nach dem Tod seiner – über alles geliebten – Frau befallen, dann zugenommen im gleichen Maß wie der Knochenfraß, der nun schon seit mehreren Jahren an seinem Gerippe nagte. Allerdings konnte man aus seinem Mund, wenn er schmerzfrei war und gut geschlafen hatte, noch lebhafte und bedeutsame Sätze hören, die eher zu einem Philosophen als zu einem Befehlshaber paßten.

Dies wußten die vier, also erwarteten sie seine Worte nicht ohne ein inneres Feuer.

Sie saßen, er stand bedrohlich in seiner ganzen Größe vor ihnen. Und so hob er an: »In einer Falte meiner Toga bringe ich euch, wie einst der Römer nach Karthago, Frieden oder Krieg, Leben oder Tod. Ich kenne und bewundere euren Mut. Es ist nicht jedermanns Weise, unter körperlichen Qualen hartnäckig zu schweigen. Aber wo die Nagelkappe und der spanische Bock nichts gefruchtet haben, da mag viel-

34

leicht der Pakt helfen, den ich euch vorschlage. Denn diesmal heißt es nicht zwischen Tod und Schande wählen, sondern zwischen zwei Arten von Schande: die eine bringt euch das Leben, die andere das sichere Verderben.« Er hielt abrupt inne und biß sich auf die Lippen: »Ich habe zu viele antike Historiker gelesen. Verzeiht! Weniger feierlich und mit dürren Worten: Sagt mir den Namen eures Anführers! Ich verlange – wohlverstanden – nicht von euch, eine Idee zu verraten, sondern nur einen Menschen. Und zwar auf eine Weise, daß der Verräter nicht nur den anderen, sondern auch mir unbekannt bleibt, sich also nur insgeheim vor sich selbst zu schämen hat. Eine solche Scham ist leicht wieder zu vergessen, soweit ich das menschliche Herz kenne. Als Gegenpart verspreche ich euch, im Namen Seiner Majestät, deren auswärtiger Statthalter ich hier bin, sofortige Begnadigung für alle, Verbannung in die argentinischen Kolonien und, wenn ihr es wünscht, Rückkehr in die Heimat, sobald sich die Lage beruhigt hat.«

Er erhielt keine Antwort und fuhr fort: »Die Nacht ist euer, ihr habt acht Stunden, um zu überlegen, ob sich die Rettung lohnt oder die Illusion des Ruhms. Sollte euch der Pakt gefallen, durchzuführen ist er so: Es ist Brauch, daß die Verurteilten die letzte Nacht ohne Ketten und außerhalb der Verbrecherzellen verbringen, im unteren Stockwerk, in der Trostkapelle, wo schon ein Priester auf euch wartet. Binnen kurzem werdet ihr hinuntergehen und dort einen fünften Gast für das morgige Fest finden, außerdem ein bequemes Bett für jeden und auf einem Tisch vier weiße Blätter. Sobald es euch behagt, ich rate euch, nicht zu früh, werdet ihr darauf, jeder ohne das Wissen des anderen, entweder ein Kreuz zeichnen, was Verweigerung heißt, oder den Namen schreiben, den ich verlange. Dann werdet ihr die Blätter in eine Büchse stecken. Wenn ihr vier Kreuze geschrieben habt, werdet ihr morgen früh bei meiner Rückkehr sterben. Sollte jedoch, im Gegenteil, auch nur auf einem einzigen Blatt, von man weiß nicht wem, der Name preisgegeben sein, so kommt ihr alle vier davon – und niemand wird erfahren, wer der Verräter ist.«

Da spuckte der Baron vor sich auf den Boden. Einen Augenblick später auch die anderen. Sparafucile unerschütterlich: »Ich hätte mir eine sublimere Antwort erwartet, etwas Sprichwörtliches, beispielsweise: *Pete, non dolet*; oder: *Summum crede nefas animam praeferre pudori*... Zumindest eine trockenere Antwort.« Und er zerrieb mit dem Fuß die Auswürfe auf dem Boden. »Die Probe ist jedoch so ausgeklügelt, daß es kein Ausweichen gibt. Denn solltet ihr euch entziehen, so würdet ihr zugeben, daß ihr an eurer Festigkeit zweifelt, und ihr hättet den Verrat begangen, wenn auch nicht de facto, so doch im Geist. Wer wahrhaft mutig ist, prahlt nicht öffentlich mit gemeinschaftlichem Heldentum, indem er seinen eigenen schüchternen Glauben im Wettstreit mit den anderen herausschreit. So sah ich Tausende auf dem Schlachtfeld sterben wie Schafe, in geschlossenen Reihen um ein Banner geschart. Wahrhaft mutig seid ihr nur, wenn ihr, von niemandem gesehen, allein in der Stille eures Gewissens, die Versuchung von euch weist: die Straflosigkeit ablehnt und statt des verlangten Namens, so ihr es wagt, dreist und einmütig ein NEIN auf das Papier schreibt. Sonst werdet ihr das Schafott besteigen und, die Schlange des Zweifels im Herzen, euch selbst der Feigheit bezichtigen; rasend vor Wut, da euer Tod umsonst.«

»Er hat recht!« brach es unerwartet nach einer langen Pause aus dem Baron hervor. »Ich weiß von einem Heiligen, der zwischen zwei nackten Nonnen schlafen mußte, und erst dann wußte er, daß er das Fleisch besiegt hatte. So wird unser Ende nur dann in Glorie erstrahlen, wenn wir jeglichen Verdacht von uns weisen.«

Er erhob sich nur mit Mühe, der Fesseln halber, und blickte von unten nach oben dem Gouverneur ins Gesicht: »Ist es erlaubt, Herr Blutmakler, anstelle eines einfachen Kreuzes, einige kühnere Verwünschungen zu Papier zu bringen?«

Der Gouverneur blieb gefaßt: »Ich wage doch zu glauben, daß wenigstens einer von euch weise genug sein wird, sich für das Leben zu entscheiden. Die beiden Schalen der Waage sind nicht vergleichbar: Auf der einen liegt das Licht, die Jugend des Lichtes; sagen können: ich war, ich bin, ich werde sein; noch eine Weile ein unverwechselbarer Tropfen im Meer des Seins; noch Frauen in den Armen halten; Blumenduft riechen, lachen, weinen; in jedem Augenblick Ich, Ich, Ich sagen... all das liegt auf der einen Schale und wiegt schwer wie ein Berg. Während auf der anderen nur der Hauch eines unfaßbaren Nichts, das finstere Vaterland aller, liegt, wo eure Parolen: Gleichheit, Freiheit, Brüderlichkeit, die euch heute so schicksalsträchtig erscheinen, von keinem Kopf mehr gedacht, von keiner Hand mehr geschrieben, von keinem Mund mehr ausgesprochen werden können . . .«

Hier verstummte er mit einem Schlag, während ein rascher Nebel über sein blaues Auge lief. Die Maus war in seinem Kopf erwacht, tat aber nach einem oder zwei Bissen so, als wäre sie wieder eingeschlummert, oder schlummerte wirklich wieder ein.

»Aber ihr«, fragte Saglimbeni, »ihr, die ihr foltert und tötet, ihr meint also, eure SACHE sei gerechter als die unsere?«

»Ja«, sagte müde der Gouverneur, »nicht weil sie einen Herrscher und seine irdischen Ansprüche verteidigt. Sondern weil sie hinter jeglichem Thron das Wappen Gottes leuchten sieht.«

»Auch wenn der Herrscher ein Tyrann ist?« fragte empört der Student.

Und der andere erwiderte: »Selbst ein aus der kirchlichen Gemeinschaft ausgeschlossener Papst ist immer noch der Stellvertreter Christi. Ebenso wie der Beste von euch doch stets ein Kammerherr des Satans bleibt.«

Mit einem Sprung hatte ihn der Soldat gepackt, legte ihm Arme wie Eisenstangen um den Leib, aber ohne ihm wehzutun, wobei er mit leiser Stimme den Baron fragte: »Soll ich ihn kaltmachen?«

Ein vorwurfsvoller Blick genügte, und er ließ ab und setzte sich wieder. Der Gouverneur war erbleicht unter der leichten Schminke, die ihm die Wangenbeine färbte. Als er wieder zu sich kam, zischte er: »Ich bin siebzig, aber noch vor einem Jahr hätte ich dich im Handumdrehen umgelegt.« Dann den ande-

ren zugewandt, in einem Ton, der orakelhaft gemeint
war: »Ja, es gibt nur zwei Stellvertreter Gottes auf
Erden, König und Papst; während ihr Tausende und
Abertausende seid, ihr Ladendiener und Possen-
reißer des Satans; Volk nennt ihr euch; bewegt
euch unsichtbar; und habt eine Mine im Boden versteckt, die in einer einzigen Explosion die Vorbilder
der Antike, die Lehren der Erfahrung, die Gesetze
und Akten jeglicher Versammlung und jeglichen Se-
nats niederreißt... Die Mine heißt: MENSCHEN-
RECHTE...«
»Und du, Alter«, wunderte sich Saglimbeni, »möch-
test uns diese Waffe aus der Hand nehmen? Im Namen welcher Sache?«
»Ich«, sagte der Alte, »ich betrachte euch als einen
Rechenfehler im Einmaleins der Schöpfung. Euch zu
bestrafen ist mein Fluch und meine Seligkeit. Euch zu
bestrafen, euch zu heilen, den Exzeß und den Irrtum,
die ihr seid, auszumerzen. Denn wenn ihr das Marty-
rium ersehnt wie ein Gläubiger die Kommunion, so
werde ich zu dessen leidenschaftlichem Vollstrecker.
Ich bin die GERECHTIGKEIT und die STRAFE, ein
Schwert ohne Scheide, der Henker und zugleich der
Wundarzt der Vorsehung. Auf dieser blutgetränkten
Kugel, wo alles Lebende aufgeopfert werden muß,
ohne Ende, bis die Zeit aufgebraucht ist, bis der Tod
gestorben ist...«
»Das hat schon ein anderer gesagt«, brummte der
Baron vernehmlich. »Und ich weiß auch wer... Du
liest zuviel, Sparafucile...«
Der aber schien ihn nicht zu hören und fuhr fort:
»Ich maße mir nicht an, euch zu überzeugen, da

gegen euren Eifer selbst die Ruten, im Wasser aufgeweicht, nichts vermochten. Ich will euch nur einen Pakt vorschlagen und euch im Tausch gegen einen Mann euer Leben schenken. Diesen Namen, nicht eines Gottvaters, sondern eines wahren Antichrists, den wird mir einer von euch sagen, wenn er will. Und morgen um diese Zeit seid ihr alle an Deck eines Schiffes mit Kurs auf den Ozean: Andernfalls seid ihr nichts: vier Rümpfe und vier Köpfe in einem Sack auf dem Meeresgrund...«

»Du hast die Katze noch nicht einmal im Sack...«, spöttelte der Dichter hinter ihm her, während der andere nach dem Versuch, die Hacken zu einem militärischen Abschiedsgruß zusammenzuschlagen, vorgebeugten Hauptes auf die Tür zuging.

»Morgen früh in der anderen Zelle besuche ich euch noch einmal«, sagte er noch, bevor er hinausging. »Wenn ich komme, um die Siegel aufzubrechen.«

»Wir sind bestimmt zu Hause, darauf kannst du dich verlassen!« gab der Baron scherzend zurück.

Und schon rief sie der Barbier vom geöffneten Schlag her: »Zeigt eure Köpfe vor, so, einer nach dem anderen. Ich brauche nicht lange, hab eine flinke Hand. Das meiste wird ohnehin mein höherer Kollege morgen besorgen...«

Agesilao trat mit merkwürdiger Gefügigkeit als erster an. Man sah, wie sich seine hohe Gestalt nach vorne beugte und einen Wald harter Borsten, die wie Werg aussahen, vor die unsichtbare Schere draußen hielt.

IV Entscheidungen über den Gebrauch der Nacht

In der Trostkapelle, der Kammer der »verlorenen Schritte«, langten sie in Begleitung eines von einem Unteroffizier angeführten, bewaffneten Kommandos an, einer hinter dem anderen. Zuvor hatte man sie jedoch in das Duschkämmerchen eingelassen, wo sie sich entkleiden und waschen konnten; das Wasser schütteten unbekannte Hände durch ein Loch in der Decke eimerweise auf sie herab, und es gab eine rauhe schwarze Seife. Abgerieben und frisch, aber auch steif vor Kälte, da sie sich ohne die schützende Schmutzhülle, die sie monatelang umgeben hatte, wie enthäutet fühlten, standen die vier nun in ihrer neuen Unterkunft, Gäste für eine einzige Nacht, die sie wohl kaum zu verschlafen bereit waren. Noch weniger geneigt waren sie, sich einer zweiten Waschung zu unterziehen, diesmal von seiten des Beichtigers Turlà, dessen Beistand sie mit solcher Energie zurückwiesen, daß sie ihn für immer in die Flucht schlugen.

Als sie allein sind, blicken sie um sich, denn sie wollen den Ort kennenlernen. Der Raum ist zwei-, dreimal größer als die Höhle von vorhin, mäßig sauber, bekommt Luft durch zwei Fenster, durch die man auch einen Blick nach draußen hat: nicht ohne Tücke jedoch, denn man sieht genau das Stückchen Hof, wo eben das Schafott errichtet wird. An den beiden Längswänden stehen sich jeweils drei Betten gegenüber – über jedem einzelnen ein Kruzifix –, alle leer außer einem, auf dem zusammengerollt ein kurzes, breites Bündel liegt und zu schlafen scheint, es gleicht den Puppen, die aus dem Kerker Entflohene unter der Bettdecke zurücklassen, um die Aufseher hinters Licht zu führen. Dieses Bündel ist aber ganz offensichtlich aus Fleisch und Blut, und sein Kopf ist, wie von einem Helm, umwunden von Binden mit alten eingetrockneten Blutflecken.

»Frater Cirillo«, teilt ihnen der Unteroffizier im Hinausgehen mit, wobei er auf die reglosen Umrisse zeigt: »Er wird euch zweifach Gesellschaft leisten: heute nacht hier und morgen in der Hölle«, und schließt die Tür hinter sich.

Mit ehrfürchtiger Scheu blicken die vier auf den Fünften und keiner erkühnt sich, ihn zu stören: Seit sie auf der Welt sind, haben sie von diesem schreckenerregenden Alten viel erzählen hören; so daß sie sogar einmal untereinander erwogen hatten, ob sie sich nicht zu gemeinsamem Krieg mit ihm verbünden sollten. Mit diesem blutigen, doch frommen Räuber, zum Possen »Frater« geheißen, in der Nachfolge des alten Michele Pezza. Vierzig Jahre Macchia hatte er hinter sich gebracht, landauf landab raubend und plündernd. Von überragender Intelligenz, so hieß es, und von keineswegs niedriger Abkunft; wenn er ein Kloster oder eine Villa überfiel, dann beeilte er sich, noch bevor er nach Lebensmitteln oder Juwelen suchte, die Bücher an sich zu reißen, als Lektüre für die winterlichen Ruhepausen in den Schluchten von Lagopesole, wo er sich mit seinen Truppen verkroch.

Daß man ihn endlich gefangen, und zwar lebend,

davon hatte sich die Kunde erst kürzlich durch die ganze Festung verbreitet, durch den Fingerknöchel-telegrafen von Mauer zu Mauer gesendet, von unten nach oben, bis hinauf in die Zellen der Politischen; daß er aber nur zwei Schritte weit von ihnen hinter Schloß und Riegel und sein Kopf für denselben Korb bestimmt war, das hatten sie erst jetzt entdeckt, wo es keinen Sinn hatte, da sie auf nichts mehr neugierig waren.

Die Verurteilten werfen sich auf die Lagerstätten, schließen die Augen. Aber nicht, um zu schlafen: denn darin sind sie sich einig, sie werden dem Leben einen Anhang abtrotzen, indem sie die ganze Nacht über wach bleiben; sondern eher wegen der Mattig-keit, die sie nun nach dem Bad am Mageneingang empfinden und in der sie, alles in allem, schließlich die Angst erkennen.
Sie spüren verworren, wie sich etwas Sperriges tief unten in den Eingeweiden zusammenklumpt und zu einem Leib im Leib wird. Auf dieselbe Weise spürt vielleicht eine Frau in der Stille der Nacht zum er-stenmal das leise Herzklopfen des Kindes, das sie trägt. Nur daß den Gefangenen das zunehmende Ge-wicht des Fleisches wehtut: es ist ein verborgenes Gewächs, das, wie die Maus im Kopf des Gouver-neurs, von Zeit zu Zeit erwacht und ihnen seine Zähne ins Fleisch hackt.
Sie haben Angst, die vier. Sie hätten vielleicht weni-ger, wenn sie in der anderen Zelle geblieben wären. Aber die jüngst vollzogenen ungewohnten Handlun-gen: das Kahlscheren, das Bad, der Umzug, welche

die flaue Zeitlosigkeit unterbrochen haben, in der sie bis jetzt beinahe dahindämmerten, skandierten nun mit entscheidenden Schlägen den Rhythmus vor dem bevorstehenden Ereignis. Bis heute war ihnen der Tod als ein Wendepunkt erschienen, den sie, als Schauspieler in einem Drama, in Kürze darzustellen hatten, mit dem stillschweigenden Übereinkommen jedoch, daß sie nach Beifall und Verbeugungen, hinter die Kulissen zurückgekehrt, sich umziehen würden, um wieder sie selbst zu sein. Während sie nun aus heiterem Himmel entdecken müssen, daß sie nicht mehr sie selbst sein werden, daß sie nichts mehr sein werden, und sie tasten in ihrem Kopf ab, wie dicht das fortschreitende Dunkel schon ist... Aber was rede ich von Dunkel? Das Dunkel ist eine Blindheit, in der man mit blinden Fingern andere ebenso blinde Finger drücken kann, aber dann zu zweit gehen, solidarisch in der Erinnerung an das Licht und in der Trauer darum... Der Tod aber ist weder Dunkel noch Licht, sondern Abschaffung der Erinnerung, totale Aufhebung und Abwesenheit, Einäscherung ohne Schlacken oder Überreste, wo alles, was gewesen ist, nicht nur nicht mehr ist und nicht mehr sein wird, sondern so, als wäre es nie gewesen...

Sie haben also Angst, alle miteinander, und sie legen sich hin, die älteren auf der einen Seite, der Student auf der anderen, wobei er zwischen seinem Bett und dem des Fraters einen Platz freiläßt. Dieser hatte lediglich ein Auge aufgerissen zwischen seinen Binden, als er sie hereinkommen hörte, dann war er wieder in seine steinerne Betäubung zurückgesunken.

Das Zimmer hat zuviel Licht, denn der letzte fahle

Schein der Dämmerung dringt noch durch die Fenster, hell leuchten die vier Fackeln in den Eisenringen, und es brennt das Flämmchen unter dem Heiligenbild. So daß Agesilao sich ein Taschentuch vor das Gesicht bindet, nachdem er die Enden zusammengeknüpft hat, nach Art der Erntearbeiter, wenn sie sich vor der hochstehenden Sonne hinter einen Busch flüchten. Dann wird er es leid, nimmt es ab und blickt wieder wie vordem.

Gemeinsam auf den Betten ausgestreckt, halten sie es eine Stunde lang aus, wobei sie auf den Tisch in der Mitte des Raumes starren, auf dem das Schreibzeug, die Blätter, das Kästchen für die Wahlzettel oder der Mund der Wahrheit mit einem seitlichen Schlitz wie ein Opferstock und mit einem Schlüssel abgeschlossen zur Wahrung des Geheimnisses... wo eben alles liegt, was Sparafucile versprochen hat.

Da steht schließlich der Baron unsicher auf: »Sollten wir's nicht hinter uns bringen?« und geht auf den Tisch zu. Doch bleibt er, bevor er die Feder eintaucht, stehen und wendet sich den anderen zu: »Oder ist es vielleicht besser, wir warten bis morgen früh wie abgemacht?« und geht zu seinem Platz zurück. Genauso die anderen drei, die sich schon hinter ihm aufgestellt hatten, einer des anderen Blicke meidend; da jeder hoffte – der Verdacht sei erlaubt –, wenigstens einer möge feige sein, alle aber gleichzeitig verzweifelt hofften, keiner möge es wagen, feige zu sein.

Da vernahm man Cirillo, der sich mühselig ein wenig aus seinen Lumpen schälte: »Was macht ihr da? Wer seid ihr? Was ist das?«

Er schien zu abgestumpft, um sie ganz zu verstehen. Doch die vier erklärten ihm alles über sich, fragten ihn ehrfürchtig, wie es ihm gehe und ob er noch an den Qualen der Foltern zu leiden habe.

Er antwortete nicht, sah durch die Gitterstäbe hinaus in den letzten Atemzug des Tages, wo bleich schon ein Stern aufgegangen war.

»Seltsam«, sagte der Dichter, der ebenfalls hinaussah, »wie lieb einem ein Gegenstand wird, und sei er noch so entlegen und gleichgültig, wenn er nur immer pünktlich unsere Treue erwidert. Als ich noch frei war, erfreute es mich jedesmal, wenn an der Ecke der gewohnten Gasse immer dasselbe Schild des Weinhändlers auf mich wartete; oder selbst die Zickzacklinie eines Mauerrisses... Und nicht anders ergeht es mir jetzt mit dem Abendstern. Hesperus, freundliches Gestirn«, deklamierte er mit ironischem Aufschwung und winkte mit der Hand zum Himmel, »die Todgeweihten sagen dir Lebewohl!«

Nach ihm erhoben alle die Augen zu dem kalten fernen Stern dort oben, der Junge allerdings widerwillig und beinahe unter Tränen. Der Baron sagte zu ihm: »Ich habe auch Angst. Obwohl ich mich, seit ich geboren bin, als Leihgabe unter den Lebenden empfinde und es mir daher nicht so leid tun sollte. Ich entsinne mich noch, als ich in Paris war, pflegte ich abends zur Place de Grève zu gehen, um den Gespenstern des Platzes einen Besuch zu machen. Eines hat für mich immer festgestanden: daß nämlich eine starke Empfindung – und welche wäre stärker als das Gefühl des drohenden Todes? – die Luft schwängert und sich ihr auf ewig einprägt. Also ging ich auf die Place de Grève und atmete aus vollen Lungen und mit geschlossenen Augen. Da kam sofort ein Volk von Schatten, Königsmördern, Mördern, Räubern, Häretikern und Aristokraten hervor und drängte sich um meine Hüften, ich hätte bei dem einen die Falten in den Mundwinkeln zählen, bei dem anderen die Hasenscharte entdecken können; die Sommersprossen des jungen Mädchens, das Elfenbein der Greisenstirn waren zum Greifen nahe... Aber vor allem roch jedes Opfer nach Angst und Tod; es war derselbe Geruch wie jetzt hier bei uns: ein Gestank nach Monatsfluß und Urin...«

Man hörte, wie sich Cirillo auf seiner Lagerstatt bewegte. Es gelang ihm schließlich, sich aufzurichten, wenn auch mit Mühe und nur mit dem Oberkörper, wobei er ihren Blicken den winzigen Überrest von Gesicht aussetzte, der aus dem Helm schmutziger Verbände hervorsah: eine einzige stechende Pupille und ein dreistes Lächeln auf den geschwollenen Lippen. Seine Stimme, heiser geworden durch die Qual der Verwundungen, klang unerwartet und künstlich.

»Freunde, diese Roheiten behaltet bitte für euch. Ich, der ich mich zu Recht oder zu Unrecht mit einem frommen Titel schmücke, erwarte mir, daß bei meiner Enthauptung wie aus dem Becken von Johannes dem Täufer Jasminduft aufsteigt...«

In seiner Fistelstimme lag jenseits der scheinbar harmlosen Worte soviel überflüssige und hämische Schadenfreude, daß der Baron das Bedürfnis empfand, ihm entgegenzutreten.

»Und was willst du eigentlich jetzt? Was hast du mit uns zu tun? Warum stirbst du mit uns?«

»Ich bin«, erwiderte der andere ebenso schroff, »versucht, dir dieselbe Frage zu stellen: Wer seid ihr und warum sterbt ihr mit mir? Aber es steht fest, daß sich niemand weder die Gefährten noch die Stunde seines Hinscheidens aussuchen kann und daß wir alle, ihr wie ich, mehr Glück hätten haben können. Trotzdem sollten wir Freundschaft schließen: denn ein gemeinsamer Haß verbindet uns, und das ist eine bösere Schlinge als der gemeinsame Tod.«

»Wir verabscheuen denselben Menschen«, gab der Baron zu, immer noch verstört, »aber nicht aus denselben Gründen.«

»Meine Gründe sind wohl die besseren«, sagte Cirillo, »aber das zählt nicht viel, und ich habe auch keine Lust, sie mit den euren zu vergleichen oder mich in eure Angelegenheiten zu mischen. Über euren *Gottvater* muß ich ebenso lachen, wie ich den anderen, den wahren, verehre. Ich habe nicht gegen den König gekämpft, um anderen Königen zu dienen. Ich wollte Hoch und Niedrig abschaffen, wollte die Gleichheit von allen.«

Der Baron war beschwichtigt: »Solche Reden habe ich im Überfluß gehört, in Brüssel, im Café ›Zu den tausend Säulen‹ unter den Flüchtlingen aus Paris. Aber ich frage mich, ob...«

Er hielt inne, da er ein Geschrei hörte, das sich dem Fenster näherte.

Der Mond war aufgegangen, seine kurze Sichel krümmte sich zwischen zwei violetten Zirruswölkchen, an denen noch die letzte Sonne hing. Aber nicht des Mondes halber war Ingafù ans Fenster getreten: er sah unten, wo das Gerüst beinahe fertig dastand, eine andere Sichel und eine Gruppe von Leuten, die sich an ihr zu schaffen machten, ausprobierten, ob die Schneide in ihren zwei Schienen lief und ob der Mechanismus auf Befehl losschnellte. Er sah es zwar nicht, aber ein verzweifeltes Miauen gab es ihm zu verstehen, einer hatte eine Katze mit ihrem Kopf unter das Fallbeil gezwungen. Er hatte kaum die Zeit, sich umzudrehen, da versicherte ihm schon ein Zischen und zack!, darauf ein grunzendes einhelliges Gelächter, daß am nächsten Morgen alles wie am Schnürchen gehen würde.

Den Soldaten schauderte es: »Es heißt, das Fallbeil sei menschlicher, aber ich hätte lieber, will nicht sagen, einen edleren Tod mit Pulver und Blei in der Brust gehabt, aber doch wenigstens den Galgen ...«

»Ach was«, sagte Saglimbeni. »Im Grunde dauert der Schnitt ja nur einen Augenblick.« »Tut es weh?« fragte schlicht der Student.

Eine Weile gab keiner einen Laut von sich. »Trotzdem«, sagte dann der Baron, »wollen diese Stunden verbracht sein. Die Frage ist nur: schweigend oder sprechend?«

»Einmal habe ich«, sagte Frater Cirillo, »ein Buch aus den Flammen gerettet, im Schloß der Torrearsa. Ein Buch mit wollüstigen Geschichten, aber im Grunde voll Angst, es hieß *Das Dekameron* ...«

»Soll das etwa heißen«, erwiderte der Baron, »der Tod ist eine Pestilenz und wir wollen ihn durch Geschichtenerzählen vergessen?«

»Etwas Gutes kommt vom Geschichtenerzählen
kaum, wohl aber vom Beichten«, sagte der Räuber.
»Vom Beichten, meine ich, nicht am behaarten Ohr
eines Priesters, sondern wenn ihr euch selbst beich-
tet.«
»Welchen Vorteil sollen wir daraus ziehen?« fragte
der Soldat.
»Die Einsicht, ob für das Leben, das ihr geführt habt,
dieses stoische Ende der würdige Epilog ist, oder ob
es nicht falsch klingt, als würde unvermittelt jemand
danebensingen. Im übrigen ist es eure Sache, ich
gehöre ja nicht zu euch, ich bin ja nur eingeschmug-
gelt...«
Es entstand ein großes Schweigen. Schließlich sagte
der Baron, nachdem sie die Köpfe zusammengesteckt
und sich lange miteinander besprochen hatten:
»Dann gib du uns ein Thema, der du so erfahren
erscheinst. Auch wenn wir weder hundert Tage noch
tausendundeine Nacht zu verbringen haben, sondern
nur eine einzige elende knappe Nacht zu durch-
wachen.«
Cirillo ließ sich nicht lange bitten: »Ich will euch
keine Grenzen setzen. Ein jeder erzähle von sich.
Zum Beispiel, wann und wie er einmal, an einem
Wendepunkt seines Daseins, glücklich war oder sich
für glücklich hielt oder von einem anderen glücklich
gewähnt wurde. Und welches Bild aus seinen vergeu-
deten Tagen er auswählt, um es sich unter die Lider
zu heften, wenn man seinen Hals durch die runde
Öffnung stecken und die kalte dünne Klinge ihn
herabstürzend abschlachten wird.«
»Das ist nichts für mich«, protestierte der Soldat.

»Ich wüßte nicht, von welchem Glück ich reden sollte. Wenn überhaupt, dann könnte ich von einem Traum eher als von einer Erinnerung sprechen: welche Lust es mir nämlich jede Nacht bereitet, den König immer wieder auf eine andere Art umzubringen. Mit den Fingernägeln, mit einem Schustermesser, mit einer Mistgabel. Aber erst, nachdem er sich mir zu Füßen geworfen und mit seiner Zunge den Staub von meinen Gamaschen geleckt hat. Und nachdem die Königin heulend zu mir gekommen ist, um mich anzuflehen und sich mir nackt anzubieten; und nachdem ich ihr mit denselben Worten geantwortet habe, die ihr gekrönter Gemahl einmal zu einer Bittstellerin sagte: ›Sie werden sich verkühlen, Gnädigste. Bekleiden Sie sich wieder und machen Sie sich nicht so viele Sorgen um einen Bastard. Ich werde zehn Messen für seine arme Seele lesen lassen...‹«

»Dich hätte ich gern in meiner Bande gehabt«, sagte seufzend der Frater.

»Auch du mißfällst mir nicht«, antwortete der Soldat. »Schade, daß wir uns nicht näher kennenlernen können. Denn was man sich an seltsamem Zeug über dein Leben erzählt, hat mich schon immer neugierig gemacht; auch wie du, nach den Reden des Volkes, die Religion mit der Flinte vermählt haben sollst. Außerdem gefällt es mir, wenn wir heute nacht statt beim Kaplan bei dir beichten können... Obgleich ich fürchte, daß uns eine Absolution von einem falschen Klosterbruder nicht allzuviel fruchten dürfte...«

»Beichten ist zuviel gesagt«, wandte der Baron ein. »Aber jeder möge das sagen, was nach seinem Gutdünken besser ist als Gabe für ihn selbst und für die anderen: etwas Erlebtes oder etwas Erlogenes. Eine große Auswahl gibt es bei dieser Gelegenheit ohnehin nicht. Also laßt uns ruhig unsere denkwürdigste Stunde erzählen oder, wo nicht, erdichten. Aber es liegt mir noch mehr daran, daß unser Schicksal, indem wir es erzählen, einen Sinn bekommt. Und wir daraus ableiten könnten, warum wir sterben, und wir zum Schluß wenigstens ahnen könnten, welches Geheimnis in dem Schauspiel, das die Dinge um uns aufführten, verborgen war; und daß wir eine Entschuldigung für Gott oder für uns finden, bevor der Tag anbricht. Denn wenn sich weder dieser Sinn entdecken läßt noch der Sinn unseres Sterbens, dann sage ich dir in einem Paradox«, und nun wandte er sich dem Jungen zu, »daß wir trotzdem untergehen möchten, du aber das Recht hättest, den Namen zu sagen und davonzukommen...«

»Ich allein?« sagte schaudernd Narziß. »Verleugnen wie Petrus?«

»Wie Petrus«, sagte der Baron, »bevor man aus dem unterirdischen Verlies die Stimme des Verrückten hört.« Und er versuchte mit schmächtigen Lippen ein Kikeriki nachzuäffen.

»Wenn jemand anfangen möchte...«, sagte Cirillo. »Bedenkt, wir haben nur fünf Stunden: vier zum Reden und eine, um schweigend allein zu sein, jeder geschlossenen Auges mit sich allein, bevor die Tür aufgeht.«

Bei diesen Worten blies er die Fackeln aus, wo ihm der Atem nicht reichte, benutzte er die Faust, nur die schwache Flamme des Lämpchens verschonte er.

Da sagte im Halbdunkel der Junge: »Ich bin der Jüngste und der Ungeduldigste. In meinen Augen ist es gerecht, wenn ich anfange und die anderen mir folgen, jeder nach seinem Willen.«

Niemand widersprach, sondern alle drängten sich auf dem Bett des Studenten zusammen, außer dem Frater, der auf seinem Lager blieb.

V Was der Student erzählt oder Wie Narziß ins Wasser fiel und gerettet wurde

»Meine Geschichte«, begann Narziß, »soll eine Liebesgeschichte sein. Soll erzählen, wie ich, dem ursprünglich die Liebe verwehrt war, sie mir zu erschaffen vermochte, indem ich sie aus einer meiner Rippen formte und ihr mit einem Atemzug Namen und Leben gab. Ist sie doch, wie ich glaube, kein von Händen entfachbares Feuer, sondern ein eigenmächtiges Brennen der Seele, die erst, wenn die Flammen schon hochschlagen, außerhalb von sich selbst nach einem Wesen sucht, das sie in Brand stecken könnte. Ein nicht festzuhaltendes Gefühl mit so widerstreitenden Merkmalen, daß es einem jener Übel ähnelt, die man zwar mit einem einzigen Namen bezeichnet, deren Symptome und Auswirkungen aber unendlich mannigfaltig sind. Wohin mich die Liebe gebracht hat, ist in diesem Augenblick für alle sichtbar: ins Verderben. Trotzdem könnte ich sie nicht verdammen, denn ihr verdanke ich, was immer man unter diesem Namen verstehen mag, das Glück. Ich werde also erzählen, wie ich mich nach ihr sehnte, von ihr Kunde bekam, enttäuscht wurde und hoffte, von den entferntesten Jahren an; was ich tat, um sie zu erleben; wie sie mich zuletzt meiner selbst versicherte. Das, vor allem, war ihr Geschenk. Vorher war ich niemand, wußte nicht, wer ich sei. Erst die Liebe enthüllte mir mein Gesicht und gab mir mein Wesen zu erkennen.

Ich will von vorne anfangen. Meine Familie, wohlhabende Tuchhändler, die Geschäfte mit ganz Europa hatten. Mein Vater, ein despotischer und heißblütiger Mann, kam von seinen langen Reisen nach Holland oder in die Türkei jedesmal mit einer anderen Fremden zurück, deren Anwesenheit in unserem Haus er allen zumutete, bis er wieder mit ihr abreiste. Meine Mutter, eine sehr schöne Frau, aufgerieben durch seine langen Abwesenheiten und mehr noch durch seine achtlosen Aufenthalte, verfolgte ihn desto mehr mit ihren Liebesanträgen, je mehr er sie von sich stieß. Um ihn sich wieder gnädig zu stimmen, war sie imstande, ihn mit den ärmlichsten Künsten zu seinen ehelichen Pflichten zu locken, in der Hoffnung, ihm nach der Tochter den ersehnten männlichen Erben zu schenken. Der wurde ich, und durch meine Geburt nahm ich ihr das Leben.

In Wildheit wuchs ich auf, in einem adriatischen Haus, steil über dem Meer hängend, landeinwärts durch einen Wundergarten geschützt. In Gesellschaft einer Schwester, Olympia, in deren Augen ich für immer ein schuldbeladener Muttermörder blieb, und eines ungebildeten Hauslehrers. Meinen Vater sah ich zwei- oder dreimal im Jahr: Kaum war er erschienen, verschwand er schon wieder; an seiner Seite Frauen, die immer unergründlicher in die Dunkelheit ihrer jeweiligen Sprache versanken.

Ein wenig erzogen wurde ich von der Musik, bezaubert von einer Spieldose, die aus dem Besitz meiner Mutter war und der ich im Speicher lauschte, und vom Trompetengeschmetter des Gärtners Gaspare, vormals in den Diensten eines venetischen Adelsherrn als Trompeter bei dessen Jagden an den Ufern des Brenta. Er war es, der mich heimlich im Oboe- und Hornblasen unterwies, bald im Speicher, bald im Keller, wo unsere Fanfaren keine feindlichen Ohren erbeben ließen. Bald brauchte ich keine Lehrer mehr, und es gefiel mir, auszuziehen in die umliegende Gegend und dann, im Schatten eines Baumes oder eines Mäuerchens sitzend, aus voller Brust in mein Instrument zu stoßen. Berauschende Stunden, und ich weiß nicht, wie viele andere ihresgleichen ich noch in Unschuld erlebt hätte, wenn nicht eines Tages, als ich im Wald musizierte, ein junges Bauernmädchen, das eine Stute zum Decken führte, vor mir aufgetaucht und stehengeblieben wäre. Sie bat mich innezuhalten, damit das Tier nicht verstört würde. Dafür dürfte ich sie begleiten und die Zügel halten. Das Spiel kannte ich noch nicht, und ich ging mit. Da sah ich einen großen Hengst, der in einem sogenannten Notstall gefesselt war, sich beim Geruch der zu ihm kommenden Stute sofort aufbäumte; dann unter Mithilfe einer Hand in deren roten Saft eindrang, sich auf sie niedersinken ließ und schließlich mit schmachtenden Augen und beinahe menschlich melancholischen Nüstern wieder von ihr herunterstieg.

Die Neuheit erschütterte mich im Augenblick nicht besonders, obgleich mir eine Art kindlicher Stolz daraus erwuchs. In ein Geheimnis der Erwachsenen eingeweiht, fühlte ich mich zu rücksichtsvollstem Schweigen gezwungen und verpflichtet, allein zu entdecken, über welche Umwege das Gefühl der Liebe, von dem ich bisher nur verschwommen gehört hatte, zu solch akrobatischen und traurigen Übungen verleitete. Ich begann also, da ich nichts anderes tun konnte, den anderen Tieren bei ihren Paarungen heimlich zuzusehen, allen, von den Hunden bis zu den Fliegen, die mein gieriger Blick zu überprüfen vermochte. Fieberhaft und garstig erschien mir solches Gebaren jedesmal, und ich wandte mich davon ab. Außer als ich eines Morgens zwei Schmetterlinge sah, denen, während sie sich von Flügel zu Flügel küßten, über einem Lilienkelch sanft die Sinne schwanden.

Inzwischen war der Frühling meines dreizehnten Jahres gekommen, und immer häufiger geschah es, daß ich, das Messinghorn ungeblasen neben mir, die Hände unter dem Nacken verschränkt, beobachtete, wie mein kleines Glied anschwoll und sich ganz natürlich hochstellte, doch suchte ich nach keiner anderen Erleichterung, als daß ich es in der Nacht darauf traumlos unter der Decke auslaufen ließ. Trotzdem war mir seltsam zumute, als ich eines Tages in Gaspares Abwesenheit das Euter einer Ziege zu melken hatte. Und anderntags zögerte ich dann nicht, ihr Gewalt anzutun, nicht aus Lust, sondern aus reiner mechanischer Neugierde. Glücklicherweise hatte ich kein Glück, da das Tier mit einem launischen Satz wegsprang, wobei ich das Gleichgewicht verlor und mit aufgelösten Kleidern im Gras landete...

Damals hörte ich auf, in dem einfachen Wort *Liebe* den Unterton von Privileg oder Zauber zu vernehmen, den griechischen Silben gleich, die, sobald man sie aussprach, Zugang zu den Mysterien gewährten. Und ich empfand Abscheu vor jedem, dem in den

Gesängen der Dichter vor Verlangen tierisch die Adern schwollen oder der sich, stieren Blickes und schwitzend, gesättigt neben den Körper einer Fremden sinken ließ.

Was soll ich weiter sagen? Von jedem anderen Gegenstand abgestoßen, verliebte ich mich schließlich in mich selbst und wetteiferte – nomen est omen – mit jenem anderen Narziß, der zugrunde ging, als er sein Bild in einer Quelle betrachtete. Nicht selten überraschte mich daher meine Schwester, wie ich nackt vor einem Spiegel stand, und sie schlug im Spiel, aber doch voll Haß mit ihren Fäusten nach mir, nicht ohne Tücke und Neugier in den Augen, denn sie war inzwischen schon herangewachsen und verlangte, im Gegensatz zu mir, nach körperlicher Berührung. So sehr, daß es selbst mein Vater bei einem seiner flüchtigen Aufenthalte bemerkt hatte und ihr Einhalt zu gebieten versuchte, indem er einen Vormund ins Haus rief. Dieser wurde, da der Vater immer seltener nach Hause kehrte, zu unserem wahren Herrn und Gebieter. Von hier nahm mein künftiges Geschick seinen Lauf.

Es geschah an einem Tag im Mai. Gaspare hackte im Garten, während ich meiner Gewohnheit nach, ohne daß er es wußte, abseits in einer Nische aus Gezweig und Laubwerk hockte. Ich las ein Buch, war aber innerlich nicht bei der Sache, sondern pickte mir nur Klanggespinste heraus, um damit bei geschlossenen Augen zu spielen. Als ich die Augen öffnete, hatte sich der Diener zum Ausruhen unter ein vorspringendes Laubdach gesetzt und trocknete sich mit einem blauen Lappen die offene Brust ab. Gaspare war ein Mann von fünfzig Jahren, untersetzt und stämmig, eine Brust wie eine Eiche, wie es einem Hornbläser wohl ansteht. Da erschien von irgendwoher plötzlich Olympia, in ihren leichten Kleidern wogend. Eine Biene, die den Schoß einer Blume hofiert, macht es nicht anders. Schließlich sah ich, wie sie sich an die Seite des Mannes gleiten ließ, ihn irgend etwas fragte und er vor Verblüffung nicht einmal antwortete. Und es dauerte nicht lange, da streifte sie ihre Kleider ab und legte sich dem Sitzenden an die Seite. Das Bild habe ich noch in mir: wie bei der Leiche einer Ertrunkenen das scheue Oval ihres Bauches, perlmuttfarben, und am Ansatz der Beine das zarte Fell einer neugeborenen Hündin.

Gaspares Gesicht hatte sich inzwischen verfärbt, wurde bald aschfahl, bald feuerrot, wie das eines Betrunkenen, seine Hände aber lagen unverrückt an seinen Hüften. Auch regte er sich nicht, um zu helfen oder abzuwehren, als sie ihn aufknöpfte. Da fing ich gegen meinen Willen an zu schreien und löste den Bann.

Auf den Lärm eilte der Vormund ans Fenster. Olympia konnte oder wollte sich nicht wieder ankleiden, sondern bezichtigte den Mann, er habe sie verführt. Vergeblich widersprach ich ihr.

Es ging damit aus, daß der Diener verjagt wurde und ich mit ihm floh. Aus Eigensinn oder gekränkter Unschuld oder plötzlicher Abenteuerlust. Gaspare hätte mich niemals mitgenommen, konnte sich aber nicht zurückziehen, als ich mit einem winzigen Bündel am kleinen Finger ihm in den Gasthof »Zum goldenen Löwen« nachkam.

Was dann folgte, braucht nicht besprochen zu werden. Jahrelang irrte ich in Gesellschaft meines Genossen durchs Land, diesseits und jenseits der Grenzen, gleichgültig gegen alle Lust der Jugend, auf einer grausamen Jungfräulichkeit beharrend, aber je älter und je reifer ich wurde und je mehr ich las, um so mehr trat an die Stelle der Liebesleidenschaft meine Leidenschaft für die Befreiung aller Völker. Und damals – erinnert ihr euch noch? – lernte ich euch an einem Spieltisch kennen, und meinen jungen Jahren zum Trotz weihtet ihr mich ein in die Geheimnisse des Komitees. Der Kriminalpolizei verdächtig geworden, weil ich in den Schulen die Saat der neuen Zeit ausgestreut, war ich gezwungen, mich in den Norden zu flüchten, wo ich mit einem Schreiben Gaspares an seinen ehemaligen Herrn ankam.

Dieser war ein Patrizier namens Grimaldi, liberal gesinnt, seine Villa lag über dem Fluß und inmitten eines Gartens, der in allem dem Garten meiner Kindheit glich. Augenblicklich war ich von dem Ort berückt, von seinem statuengeschmückten Fischteich, seinen Loggien, seinen Taubenschlägen, den Obstbäumen, den wilden Blumen, seinen zahllosen, angenehmen und lieblichen Schlupfwinkeln. Er schenkte mir den Seelenfrieden und die Lust am Träumen wieder, die ich inzwischen verlernt hatte. Nur zum Schein als Dienstbote angestellt, hatte ich in Wirklichkeit Zeit zu allem und nutzte sie, indem ich mich wieder den Büchern und Interessen meiner Knabenzeit zuwandte und mich zwischendurch im Hornblasen übte. Dies verschaffte mir nebst vielen anderen Amateuren aus den nahen Villen einen Platz in einem

60

Orchester, das die Herrschaften zur Freude ihres sommerlichen Landaufenthaltes zusammenstellten. Mit diesen Musikanten wollte Grimaldi jene Feuer- und Wassermusik wieder aufführen, welche im vergangenen Jahrhundert auf der Themse den Sinn der Könige zu ergötzen pflegte. Viele Proben waren nötig, bis wir die Partituren lernten, aber die Gelegenheit gefiel mir, war sie doch dazu angetan, mir die Lust an meiner Eigenliebe zu rauben und die Lust auf eine andere Liebe zu schenken. So nahm ich denn, als der Augenblick gekommen war, mein Instrument umgehängt, Platz auf dem Floß der Musikanten, welches tagsüber zum Tabaktransport auf dem Fluß diente. Darauf waren wir zu Dutzenden, dicht zusammengedrängt, und sollten, vermöge eines langen gleichmäßigen Ruderschlages, von Villa zu Villa den Krümmungen des Wassers folgend und hinter uns immer wieder neue Boote sammelnd, die Anlegestelle der Villa La Malcontenta erreichen, wo ein Bankett im Freien, dem ein Feuerwerk vorausgehen und ein Maskenball folgen würden, die Nacht beschließen sollte. Und was für eine Nacht! An sie will ich denken, um mich über die heutige, die verstreicht, hinwegzutrösten...

Ich hatte mich im Verein mit den anderen Blasinstrumenten achtern eingefunden und blies mit Schwung und dem besten Odem der Welt und fühlte mich, obschon am Rand des harten Holzgeflechtes liegend und von schwerfälligen Gliedmaßen und lästigen Atemzügen seitlich bedrängt, als der Postillon und der Admiral des Schiffes: derjenige, der einzig mit den Soli seines treuen Horns die Liebesmannschaften

auf ihrer Reise zu einem unbekannten Kythera an-
führt ... So glitt ich dahin auf den zahmen Wassern,
wo die Ruder einsanken wie Finger in unermeß-
lichem Haar; zu beiden Seiten flohen die Ufer vorbei:
hier mit dunklen Weiden und Erlen, weiter unten mit
funkelnden Lichtpunkten übersät.

Über das Wasser fahrend, blies ich zwar mit den
anderen, aber es war, als bliese ich allein unter der
umgestürzten Tasse des Himmels; als hörte ich allein
das schlingernde Knarren des Holzes und den dunklen Begleitton der Strömung; als bemerkte ich allein,
wie der Schatten der Ruder mit den Mondstrahlen die
fröhlichsten Schriften zusammensetzte ...

Uns folgte der Rest der Flotte: Barken, Ruderboote,
kleine Segler, die einen näher, die anderen weiter
entfernt. Aber hin und wieder kamen sie an unsere
Seite, um besser hören zu können und bis in die
kleinsten Züge zu erspähen, wie zwischen Himmel
und Fluß aus dem Schutz der Hände und Münder die
durchsichtige Blume des Klanges erblühte. Ein klei-
ner Nachen, neugieriger und beharrlicher als die anderen, kam schließlich so nahe an uns heran, daß er
uns beinahe streifte. Da in dem Augenblick der
Mond hinter einem Wolkengebirge verschwunden
war und man am Bug eine Fackel entzündet hatte,
war plötzlich zwischen den Gestalten zweier Offiziere das Bild eines sitzenden Mädchens taghell be-
leuchtet. Ich blies nicht mehr und sah sie an. Ihr
werdet mir nicht glauben, aber ein Augenaufschlag
war genug, damit ich euch jetzt in allen Einzelheiten
sagen kann, wie sie war.

Also: braunes Haar, wo es unter einem Schleierkopf-

62

putz hervorkam; von einem Scheitel wie von einer Wunde gebieterisch geteilt, in zwei weiche glatte Hälften, die an den Schläfen zu Locken aufsprangen und sich bis auf die Schultern hinabringelten. Die Stirn hoch und fest, aber schmerzlich kraus. Aus den Augen jedoch strahlte selbstvergessene Jugend: zwei runde Taler, zwei Tropfen wolkenlosen mittelmeerländischen Himmels, noch nicht von der Ahnung der Sonnenwende verdunkelt. Schließlich in der Iris eine unbeständige Arglist, auf welche die Arglist der halb geöffneten Lippen antwortete, die mit jedem Atemzug die Luft zu küssen schienen. Nase, Wangen und Kinn, obschon vollkommen in Form und Gesundheit, verschwanden hinter der Darbietung der Blicke und des Lachens wie schamhafte Komparsen hinter einem Duell von Heroen. Stolzer und königlicher Prägung blieben trotzdem Hautfarbe und Miene. Noch gestärkt und gesteigert durch die funkelnden Geschmeide und das reiche Gewand, das sich über die bescheidenen Holzplanken ergoß, aber eng wurde oben in der Korsage, wo das Alabasterweiß des Busens, von einem Kaschmirschal kaum bewacht, mit dem Mond wetteiferte.

Nur noch ihr Name fehlte mir. Aber in dem Augenblick rief aus einer nahen Gondelkajüte eine Stimme: »Eunice«. Sie wandte sich um, und ich wußte, wen ich liebte. Und lachend fragte sie: »Was gibt's denn?« Und als ich beim Lachen das Fischlein ihrer Zunge zwischen den Zähnen hochschnellen sah, da wußte ich, ich würde tausend Tode sterben, nur um dies Fischlein in mein Netz zu bekommen.

In dem Augenblick kam mir jegliche Vorsicht abhanden, und schon fiel ich mitsamt meinem Instrument kopfüber in die Wasser des Flusses.

Niemand bemerkte es, so weich war ich in die Flut getaucht. Erst als mein schmetternder Einsatz bei der Fanfare des Menuetts ausfiel, suchte mich jedermann mit den Augen auf meinem Platz, und es entstand ein Tumult. Aber schon hatten mich hilfreiche Hände an Bord von Eunices Boot gezogen ... ›Narziß, ins Wasser gefallen und gerettet!‹ neckte sie mich, aus vollem Hals lachend, nachdem ich ihr stammelnd meinen Namen gesagt hatte, während ihr von meinem ganzen Körper Wasserbäche über die Füße rieselten.

Mit ein paar Schlücken eines herben Getränks halfen mir die beiden Offiziere ihrer Begleitung – keine echten, sondern nur für den Ball verkleidete –, die Eiseskälte aus den Knochen zu schütteln. Gleich darauf gingen wir an Land, und ich konnte mich in der Küche des Herrenhauses besser stärken und mir zum Wechseln meiner nassen Kleider aus einer Maskengarderobe etwas aussuchen. Ich wählte, warum, weiß ich nicht, ein schwarzes Barett und ein Harlekinskostüm, dann wartete ich, bis man die Speisebretter von der Wiese weggeräumt und den Auftakt zu den Freuden des Feuerwerks gegeben hatte, um mich, ohne Verdacht zu erwecken, unter die Gäste zu mischen und Eunice zu suchen. Es fiel mir nicht schwer, sie wiederzuerkennen, obwohl sie sich ein schwarzes Samtband vor die Augen gebunden hatte. Schwieriger war es freilich, nachdem der Tanz begonnen, sie als Dame für einen Walzer zu erobern. Sie schien mich nicht wiederzuerkennen, und ich wünschte es auch nicht, ganz der Freude hingegeben, sie in meinen Armen zu halten und mich mit ihr im Kreis zu drehen. Verliebt und selig, es zu sein...

Später habe ich oft über das blitzartige Aufjauchzen meiner Liebe zu Eunice nachgedacht. Und ich bin nun überzeugt, es war wie in der Lehre eines antiken Weisen, die mir mein Hauslehrer in der Knabenzeit nahezubringen trachtete. Danach ist in unserer Seele das Urbild einer Idee aufbewahrt, die wir in einem früheren Geschick schon geschaut und in unserem neuen Dasein verloren haben. So lange, bis wir auf Erden dem fleischgewordenen Beispiel der Idee begegnen und die Erinnerung, in diesem Beispiel an die Idee gemahnend, mit einem Schlag unseren Geist berückt, der dann aus der Unvernunft zur Liebe der Weisheit gelangt. So erging es mir an jenem Abend mit Eunice: Idee der Schönheit und des Geistes, Triumph der Flammen und des Fleisches, ätherische Gestalt in den Sinn herabgestiegen, in den verzückten Sinn, über die Sinne hinaus... Etwas, das vielleicht zwei Wörter, so wie ich sie ungefähr verstehe, besser zu erklären vermögen: der Magnet und die Elektrizität.

Ich flog also, sie im Arm haltend, dahin, zwar ohne ein Wort hervorzubringen, aber unverkennbar von Kälteschaudern geschüttelt. Da rief sie mir, während sich ein Kavalier einstellte und Ablösung verlangte, scherzend zu: ›Aus dem Wasser gerettet, mag sein; aber vor dem Schnupfen nimmermehr!‹

Ich wußte nun, daß sie erraten hatte, wer ich sei, und ein Einverständnis zwischen uns war geschaffen. Um so mehr als sie mit einer raschen Geste ihre kleine

Maske abnahm und mir ein helles Lächeln zuwarf, während sie schon im Arm des anderen entschwand. Ich wußte nicht anders zu antworten als mit derselben Geste: indem ich mir die Maske herunterzog und ihr, aber gleichzeitig auch aller Welt, mein Gesicht, das eines Dieners und Eindringlings, zeigte. Hätte ich's doch nie getan: Grimaldi mußte eingreifen und mich untergehakt unter einem allgemeinen Gemurmel wegziehen. Nachdem er sich seine linnene Dogenmütze abgenommen hatte, die er sich zur Maskerade aufgesetzt, rügte er mit väterlichem Eifer meine unvorsichtige Enthüllung. Ich hörte ihm gar nicht zu, sondern bedrängte ihn mit Fragen über Eunice, wollte wissen, wer sie sei: Ich erstarrte, als ich hörte, sie sei schon vermählt: mit einem gewissen Veniero Manin, der in den venezianischen Bleikammern schmachtete, des Vorsitzes einer Carbonari*-Gemeinde überführt. ›Was soll das?‹ rief ich aus, ›und ich?‹ So weit ging ich in meiner kindlichen Überzeugung, sie für die meine zu halten, daß ich mich als den ihren fühlte und der ihre war. Unsagbar meine Stürme in den nächsten Tagen, meine Erregung in Magen und Brust. Obschon ich an den Abwesenden dachte und mir nie verziehen hätte, seiner Gemahlin nachzustellen, während er für dieselbe Sache litt, die auch ich verteidigte. Vergeblich versuchte Grimaldi mich zu trösten. ›Ich bin verloren‹, sagte ich ein ums andere Mal und wollte mich dahinsiechen lassen. So weit war ich gekommen, als sie mich durch einen Boten zu sich rufen ließ. Der Brief kam von der Lagune, wohin sie sich begeben hatte, um ihrem Gemahl aus der Nähe beizustehen. Nachdem ich die

wenigen Zeilen gelesen hatte, zögerte ich nicht, noch
dachte ich an meine mutmaßlichen Pflichten: ich
liebte, wie man mit neunzehn liebt und in Italien. Ich
verabschiedete mich von meinem Gönner, nahm
wenig Gepäck und zwei Pistolen mit und brach auf.
Die Reise war kurz, aber deshalb nicht sicherer. Bis
jetzt war ich in Ruhe auf dem Land gewesen, umgeben von gleichgesinnten, schweigsamen Leuten, in
harmloser Verkleidung. Auf der Landstraße lauerte
mehr als eine Gefahr. Mein Name als Bandit und das
Kopfgeld, die Kennzeichen waren in aller Munde.
Obschon ich ein Fremder war, im Gegenteil, gerade
weil ich einer war, würde man mich den geschwätzig-
sten Fahndungen aussetzen. Und es war sehr wohl
möglich, daß die Kaiserliche Polizei einen Sieg da-
vontragen würde, wo die Königliche gescheitert
war... Mit Gottes Hilfe kam ich an mein Ziel. Aber
das Herzklopfen, das mich, als ich die Treppe hoch-
stieg, auf jeder Stufe innehalten ließ, kam nicht von
dieser Angst.
Schließlich klopfte ich an, und es wurde mir aufge-
macht. Es war das erste Mal nach dem Ball, daß ich
mich in ihrer Nähe befand, und ich konnte gar nicht
begreifen, daß sie ihre Liebe zu mir nicht hinaus-
schrie, so natürlich war mir meine Liebe zu ihr. Sie
sagte hingegen, sie wisse von meinem Mut und meiner sektiererischen Vergangenheit, und deswegen
habe sie mich rufen lassen, da sie niemanden für
würdiger erachte, bei einer so furchterregenden Unternehmung wie der Flucht ihres Mannes an ihrer
Seite zu sein.
›So sehr liebt sie ihn!‹ dachte ich und spürte einen

67

Klumpen im Hals. ›Mich wird sie niemals lieben!‹ Trotzdem kniete ich nieder. ›Schon immer‹, sagte ich zu ihr, ›haben mich Herausforderungen gereizt, bei denen ich verlieren konnte. Diesmal aber werde ich der Verlierer sein, wie die Unternehmung auch ausgehen mag, und ich weiß nur allzugut, warum. Dennoch bin ich hier zu deinen Füßen: Nimm meine Kräfte, mein Leben, meine Hoffnungen. Mach damit, was du willst.‹ In heftiger Bewegung beugte sie sich nieder und küßte mich auf die Stirn. ›Dein Leben wird gewiß nicht verlangt‹, sagte sie. ›So hoffe ich wenigstens. Mein Plan ist folgender: Ich besuche wie immer an den Tagen, wo es mir gestattet ist, meinen Gemahl in seiner Zelle, mit mir kommt seine Schwester, die ihm in Statur und Alter gleicht; dann werden wir beide, nachdem sie die Kleider getauscht haben, das Weite suchen; das mutige Mädchen bleibt zurück und hat nur eine kleine Strafe abzubüßen, der Mann aber wird vor einem heillosen Übel bewahrt.‹

Da ich Zweifel an dem Gelingen äußerte, versicherte sie mir: ›Sei unbesorgt. Die Schatten des Abends werden mir beistehen, um die Wächter blind zu machen, das übrige wird ein voller Beutel tun.‹ Mit liebevoller Hand hatte sie mich inzwischen hochgezogen. ›Du wirst dann‹, so fuhr sie fort, ›vor den Stadtmauern Wagen, frische Pferde und Kleider bereithalten und uns dann jenseits des Apennins begleiten zu den wohlbekannten Zufluchtsstätten des *Gottvaters*...‹

Ich sagte zu, beinahe ohne zu verstehen, wie verzaubert, da ich sie an meiner Seite beben sah, mit hochroten Wangen, die nicht die Scham, sondern die Erregung unter ihrer Haut erglühen ließ.

Von da an trafen wir uns jeden Tag. Ich fragte sie, ob ich, mit allem Respekt und ohne Gegengabe, ihr ein wenig von Liebe reden dürfe. Wie einer, der eine Beichte ablegt vor einem Gitter oder vor einem Stern.

Der Gefühlsausbruch wurde mir gestattet, unter der Bedingung, daß ich keine einzige Silbe als Antwort verlangte. So geschah es bei jedem Zusammentreffen, wenn der Moment des Abschieds gekommen war. Und ich muß noch heute lächeln, wenn ich an den bizarren Verlauf unserer Zusammenkünfte denke: Stundenlang unter dem Zwang kühler Erwägungen der Vernunft beim Aushecken eines Fluchtplans, den kein falsches Kalkül und kein Streich des Zufalls verderben durfte, dann zum Abschluß mein Selbstgespräch, sie unerschütterlich lauschend, ohne daß eine einzige Regung in ihrem Gesicht oder ihrer Gestalt mich ihre Teilnahme hätte ahnen lassen. Bis sie, nachdem die Sanduhr zweimal umgedreht worden war, was die Frist anzeigte, die mir von ihrer Geduld zugebilligt wurde, sich von ihrem unsichtbaren Thron erhob, meiner Hand die ihre bot und mich mit dem philanthropischen Siegel eines Kusses auf die Stirn entließ.

Es kam der für die Flucht vorgesehene Tag. Wie gelegen, davon hat ganz Europa gesprochen, und ich werde nichts hinzufügen. Was euch aber nicht hinreichend bekannt ist, sind die Mißgeschicke, die uns unterwegs widerfuhren, nachdem wir die Reichsgrenzen verlassen hatten und uns im Kirchenstaat befanden. Wir waren in der Kleidung normaler Reisender und mit frischen, für die Gebirgshöhen geeigneten Pferden dorthin gelangt; aber schon jetzt erschien mir Veniero – ich weiß nicht, ob nach einem unparteiischen Urteil oder aus Eifersucht – als ein widerlicher Mann von leichtfertigem Aussehen und Gebaren. Zweierlei schien mir unbegreiflich: Wie hatte er den Mut gefunden, sich der Geschicke der Völker mit Leidenschaft anzunehmen und sich der Verfolgung der Regierungen auszusetzen; wie hatte er in Eunices zartem und stolzem Herzen Gefühle erwecken können . . .?

Wir ritten des Nachts und wählten die finstersten Pfade, um den Gendarmen auszuweichen, aber doch darauf achtend, daß wir in manch abgelegener Herberge noch Speise und Erquickung im Schlaf finden konnten. Als wir so, der schlimmsten Bedrängnis schon entflohen, in der Stube eines Gasthauses speisten, traten drei Gestalten ein, die aussahen wie Jäger, mit Quersäcken, Ferngläsern und über die Schulter gehängten Karabinern ausgerüstet. Sie fragten uns, wer wir seien und wohin des Wegs, aber ohne Verdacht, in harmlosem Tischgeplauder. Worauf Veniero, beunruhigt, grundlos seine gefälschten Papiere vorzeigte, die ihm auf den Namen eines gewissen Savelli die berühmte römische Vanina verschafft hatte, die schon vor Jahren im Geruch der Carboneria gestanden hatte, noch bevor sie die Gemahlin eines der größten Fürsten wurde.

Beim Anblick dieser Papiere zuckte der älteste von den dreien zusammen und besprach sich abseits mit den anderen. Darauf verabschiedete er sich von uns, leider müsse er nun dem Eber auflauern. Wir verstanden seine Worte besser, als er mit einer Schar Häscher wiederkam und die Anklage erhob, der junge Mann, dessen Name auf dem Paß stehe, sei nach allgemeinem Zeugnis schon vor einem Jahr verschieden. Aber Eunice sagte unverzagt: ›Mag sein. Die Wahrheit ist, wir reisen incognito, wir sind ein Liebespaar auf der Flucht: Unsere wirklichen Namen sollen geheim bleiben. Und dann flüsterte sie dem Feldwebel den Namen einer Kardinalsfamilie ins Ohr, der ihn die Farbe wechseln ließ.

›Aber der dort?‹ warf der Soldat ein, indem er auf mich zeigte.

›Der steht in unseren Diensten‹, erklärte gebieterisch die Frau.

Dem Manne hätten so unverschämte Rechtfertigungen vielleicht genügt, wenn sich nicht der Anführer der Jäger eingemischt hätte: ›Ich weiß, es wird einer gesucht, der aus den venezianischen Bleikammern ausgebrochen ist. Man hat ein Kopfgeld auf ihn ausgesetzt, und das will ich. Eine sicherere Beute heute morgen als jedes Wildschwein.‹ Ich schwieg, die Hände schon auf den Pistolenkolben. Da kam unvermittelt kalt aus Venieros Mund: ›Es ist sinnlos, wenn wir ihn zu decken versuchen‹, und auf mich zeigend, ›er ist's, er ist der Mann, den ihr sucht.‹

Eunice starrte ihn an, mit unsagbarem Entsetzen, ich mit Staunen. Aber sogleich rief ich großmütig: ›Es stimmt, der bin ich. Nehmt mich nur, wenn ihr könnt!‹ und war dabei, die Waffe herauszuziehen, aber sie fielen mit einem Satz über mich her. In dem darauf folgenden Getümmel machte sich Veniero aus dem Staub, sie blieb. In dem Moment sagte mir ein Zucken ihres Augenlides: ich wurde geliebt. Später, während meiner Haft im römischen Castel Sant'Angelo und während ich darauf wartete, hierher ausgeliefert zu werden, von wo eine Anfrage gekommen war, erhielt ich endlich von ihr die Zeichen einer Leidenschaft, die der meinen gleichkam. Sie besuchte mich jeden Tag, denn sie war auf freiem Fuß, von den leichten Vergehen, die man ihr zur Last gelegt hatte, hatte man sie durch die Hilfe ihrer Freundin Savelli bald freigesprochen. Hinter dem Geflecht des Eisengitters redete sie mit mir und rieb sich voller Begierde die Lippen an der harten Schranke, die ihr die meinen verwehrte. Oh, wie viele glühende Worte, Freiheitsträume, wollüstige Versprechungen, kraftlos blieb ich zurück, unfähig, von der Bank aufzustehen, wo ich lauschend gesessen hatte...

Schließlich, nun sind es genau drei Jahre her, wurde angeordnet, ich solle weggebracht werden. Es war des Nachts, ganz unvermutet. Ihr, meine Freunde, wußtet genau den Ort und die Stunde durch einen geheimen Fingerzeig des *Gottvaters*, der wahrhaftig nie wie in diesem Fall von seiner hohen Warte aus alles sah, voraussah und seine Vorsehung walten ließ. Und wer weiß, was der Gouverneur dafür geben würde, um zu erfahren, wer sich hinter der Maske dieses Spitznamens verbirgt.

Der Überfall auf die Begleitmannschaft, die mich in den Königlichen Kerker bringen sollte, ist ja euer Werk, mir wurde nicht viel davon bewußt, denn ich saß eingeschlossen, mit Handschellen gefesselt, zwischen den vier Wänden des Wagens mit dem Rücken

zu den Pferden, damit ich nicht sehen konnte, wohin
die Reise ging. Nur eines habe ich vor Augen, wie wir
alle, gleich nachdem ich meinen Fuß auf den Erdboden gesetzt und ihr meine Fesseln gelöst, uns in die
Arme sanken und dankerfüllt die Stirn zur Schönheit
des Himmelsgewölbes erhoben. Obschon es mir unmittelbar darauf einen Stich ins Herz gab, als ich,
ohne es zu wollen, im Gras auf die Leiche eines
Feindes trat: der blutjunge Hauptmann aus Fondi,
mit dem ich auf der Reise noch gescherzt hatte; jetzt
lag er unter meinem Schuh – die verformbare, ausge-
renkte träge Masse eines Getöteten. Eunice ließ mich
ihn vergessen, sie war mit euch gekommen und stand
hinter einem Baum, wo sie in tödlicher Ungeduld auf
mich wartete ...
Und in jener Nacht habe ich, als wir endlich in Sicherheit waren, von ihr die Liebe gelernt. Ihr schliefet
schon, meine Freunde, in der Geborgenheit einer
Hütte, wir unter freiem Himmel in einer Erdmulde,
bedeckt von einem Laubschirm, der sich wie eine
weite Kuppel über uns ausbreitete. Ich möchte euch
nicht unschamhaft erscheinen, aber ich kann mich
nicht zurückhalten, euch von den Wonnen zu erzählen, die sich vor mir auftaten. Und von ihr, wie sie
sich entkleidete, scheu in dem schwachen weißen
Schein, der zu uns hereinsickerte, es war nicht der
Mond, nein, nur eine Kostprobe seines Scheins, ein
Schimmern wie ein Puder, der auf einer Hecke lie-
genbleibt, nachdem ein Glühwürmchen hindurchge-
kommen. Von ihr, die weiß und bebend auf mir lag,
beinahe ahnungslos auch sie, obschon ein bißchen
weniger als ich, in den Gesten der Liebe. Und wie wir

73

miteinander in einen bewegten Wirbel versanken. In Wogen, die mich von den Fersen bis zum Genick überliefen, unmerklich zuerst, dem schwachen Stöhnen einer leichten Brandung gleich; dann aufgewühlter, wohl unter dem Drängen einer plötzlichen Brise; dann rauschten sie groß in mich hinein mit einem Getöse wie bei einem Sturm, der sich aber gleich wieder besänftigte, und in meiner Ohrmuschel erklang der alte Ruf der Oboe meiner sommerlichen schattigen Ruheplätze.

›Eunice‹, rief ich da kaum hörbar, und mit nimmermüden Fingern streichelte ich immer wieder ihre Wange, suchte eine Locke, die ich um meine Finger wickeln konnte, meine Lippen hingen an ihr, um zu essen und zu trinken... Liegend betrachtete ich im Mondlicht, wie in jener Nacht auf dem Brenta, ihr großes Antlitz über mir.

Welche Stille ringsum, welcher Friede...

Später hatte ich noch andere Liebschaften; auch die anderen Male, und vielleicht noch mehr, erstaunte mich die Überfülle meines Glücks. Aber nur an jene Nacht, und an keine andere, werde ich denken, in vier Stunden, unter der Klinge des Richtbeils.«

VI   Zwischenspiel mit Blitz und Donner

»Amüsant und spannend«, lautete der Kommentar
Saglimbenis. »Aber es geht übel aus. Den tristen
Abschluß hättest du dir sparen können.«
»Schau nur der Unschuldsengel«, hackte Cirillo zurück. »Als brauchten wir eigens einen Ausrufer, damit wir den Tod nicht vergessen, als hätten wir ihn
nicht in unseren Kopf eingemeißelt.«
Und Ingafù meinte: »Dank dir, Narziß, daß du uns
an Liebe und Musik und Mondschein erinnert hast
und die himmlischen Glöckchen der Jugend wieder
in unserem Ohr hast erklingen lassen ... Obschon
sich vielleicht mancher von uns im letzten Augenblick an ernstere Gedanken halten wird.«
»Das ist nicht gesagt«, rief Saglimbeni aus. »Es mag
eine Auswirkung der angeblichen Euphorie der Todgeweihten sein, aber ich habe eine kleine Plauderei
über die letzten Wünsche verfaßt: einen Wunsch für
jeden der fünf Sinne, ein sechster kommt freilich
hinzu, ziemlich frivole Reime, dem Gouverneur ge-
widmet, falls er mich morgen bei Tagesanbruch danach fragen sollte. Aber ebenso euch, wenn ihr sie
hören wollt.«
»Warum nicht?« meinten alle ohne Begeisterung.
Und er fing an – wobei er sich vorzugsweise an
Narziß wandte (es war klar, daß er ihm gefallen oder
ihn auf jeden Fall großmütig ablenken wollte):

Auf der allerletzten Schwell
sind fünf Wünsche zur Stell.

Für den Gaumen soll's sein
ein uralter Wein;
meine Hand streicht noch schnell
einer Katz übers Fell;
für mein Ohr wäre schön
des Meeres Gedröhn;
für mein Aug wär ein Glück
ein blaues Himmelsstück;
für meine Nase der Duft
einer Blume in der Luft...
Aber dann ganz zum Schluß
aus fünf sechs werden muß,
denn eins noch tut not,
bevor ich bin tot:
Ach, wenn ich doch hätt
des Henkers Tochter nackt im Bett!

»Deine Pasquille waren auch schon einmal beißender«, unterbrach ihn mit einer Grimasse der Soldat. Auch die anderen blieben ernst, einzig Narziß schenkte dem Freund ein halbes Lächeln. Und fügte hinzu: »Was das Ohr betrifft, hast du nicht zu klagen, das Meer steht dir zu Diensten heute nacht.« Als hätten sich plötzlich alle Winde verschworen, hörte man nämlich von den Grundfesten der Insel her, wo der Fels jäh in die Wogen abfiel, immer wieder ein Krachen, das wie das Gebrüll eines Tieres klang. »Wer will denn weitererzählen?« fragte der Baron, um das Unbehagen zu zerstreuen. Agesilao aber wandte ein: »Wir sind zu früh dran, warte noch, warum so eilig? Laß doch erst die zweite Wachrunde über den Hof marschieren.«

Er beugte sich von der Fensternische aus nach vorne, um einen Blick hinauszuwerfen, insbesondere den Himmel sah er an, wo sich kein Stern mehr zeigte, aber noch ein zaghafter Mond ausharrte. Hinter ihm lagen schweigend die anderen. Der eine oder andere mochte ihrer Abmachung zum Trotz eingeschlummert sein oder im Halbschlaf schmerzlichen Gedanken nachhängen.

Bis nach einigen Minuten Narziß, in gleicher Weise an alle Gefährten des Dunkels gewandt, fragte: »Schlaft ihr denn? Ich nicht, ich schlafe nicht. Mir ist ein früchterlicher Gedanke gekommen, und den will ich euch sagen. Wenn ich jetzt an die Tür da klopfe und verzweifelt um Audienz bäte und dem Gouverneur den Namen, der mir auf der Zunge brennt, ins Gesicht schriee...«

»Das wirst du nicht tun, sonst hättest du's nicht gesagt, sondern schon längst getan«, sagte der Baron.

»Solche Gedanken sind eine Ausgeburt der Nacht«, salbaderte verzeihend der Frater. »Im Schoß der Finsternis fühlt man sich sicher vor allen Spitzeln und erkühnt sich zu den schwärzesten Beschimpfungen. Unter den Strolchen in meiner Bande war auch ein Ungläubiger – ich erinnere mich genau –, und wenn der sich auf dem hintersten Lager der Höhle an meine Seite legte und mich vor dem Einschlafen ein Paternoster beten hörte, wie ich es mein Lebtag getan habe, und mit lauter Stimme sagte: »Das ist für deinen Gott« und eine obszöne Geste machte oder sich damit brüstete, konnte ich es ja nicht sehen. Am lichten Tag hätte er so etwas nie getan. Er hörte übrigens damit auf, als ich ihm das orientalische Sprichwort beibrachte: Eine schwarze Ameise auf einem schwarzen Tisch in einer schwarzen Nacht sieht niemand, außer Gott...«

»Darf ich euch noch einen bösen Gedanken sagen?« sagte der Junge beharrlich und fuhr fort: »Die Flucht. Der Gedanke an eine Flucht hat mich in den letzten Tagen ziemlich geplagt. Unmöglich, so habt ihr immer wieder behauptet, und das stimmt. Aber daß er, unser *Gottvater*, uns nie einen Fingerzeig geschickt hat, daß er nie auch nur ein Stückchen Mörtel von unseren Mauern hat wegbröckeln lassen... daß er unsere Treue als Pflicht und Schuldigkeit verlangt und in aller Ruhe unsere Leben als Opfer annimmt...«

Und wieder meldete sich der Frater: »Ich will mich zwar nicht zum Richter fremder Beschwerden aufwerfen, aber in Gleichnissen und Parabeln gesprochen, wie ich früher meinen Truppen nach einer Plünderung eine Standpauke hielt, sage ich, daß selbst Christus am Ölberg vergeblich auf ein Zeichen des Vaters wartete und sich verlassen wähnte... Oder glaubst du, du seiest mehr wert und ein *Gottvater* aus einer Posse müsse dir antworten, während der Wahre Vater Seinem Sohn nicht antwortete?...«

»Laß die Religion aus dem Spiel«, herrschte ihn der Soldat an, »mit deinen ewigen Gottvätern und Vaterunsern. Die Wahrheit ist doch, daß bei dem bewegten Meer und der starken Besatzung unsere Klippe hier uneinnehmbar ist. Und wenn er dann, um uns zu retten, den Großen Plan aufschieben müßte,

unter der Bedingung würde ich ihn gar nicht darum
bitten ...«
Frater Cirillo schrak zusammen und fügte kein Wort
hinzu, der Junge aber: »Er könnte doch jemanden
von hier bezahlen ... so wie Eunice für ihren Gemahl, und dabei liebte sie ihn nicht einmal.«
»Welcher sogar, als Frau verkleidet, herauskommen
konnte«, sagte Agesilao mit spöttischem Unterton.
»Das müssen ja Maulwürfe gewesen sein, keine
Wachposten, die Wächter in den Bleikammern von
Venedig.«
»So unwahrscheinlich, wie du glaubst, ist es gar
nicht«, meinte der Baron. »Der Graf von Lavallette
machte es in der Conciergerie nicht anders, als er den
Händen Ludwigs XVIII. entkommen wollte: Und
dazu, daß ein Mann sich als Frau verkleidet und eine
Frau als Mann, will ich euch, ohne auf den Chevalier
d'Éon zu verweisen, der ja allen bekannt ist, eine
kleine Geschichte zum besten geben, die zu meiner
Zeit in Paris die Runde machte und die sehr gut
hierher paßt. Sie handelt von einem Studenten aus
Amerika, der nach Paris gekommen und in einen
literarischen Zirkel eingeführt worden war, wo sich
einer namens George besonders hervortat, in Wirklichkeit eine Literatin, die, um der lästigen Knechtschaft ihres Geschlechts zu entgehen, Männerklei-
dung zu tragen pflegte. Als dem Studenten eine Un-
terredung mit ihr gewährt wurde, fragte sie ihn, ob
man ihre Bücher denn in Amerika lese. ›Sehr viel,
Monsieur, und sie werden hochgelobt. Jedoch ...‹
›So redet nur, redet frei heraus‹, ›Man kreidet Euch
an‹, sagte der Student verschämt, ›ihr würdet allzu-

gern Eure Kleidung wechseln und Euch bisweilen als Frau verkleiden...‹

Die Zuhörer lachten oder lächelten noch, als der Baron unvermittelt aufstand und unruhig in dem Gang zwischen den Feldbetten auf und ab zu gehen begann. Irgend etwas Unerwartetes mußte ihn verstört haben, das ihm nur verschwommen bewußt wurde. Er ging zum Fenster, roch mit geweiteten Nasenlöchern in die Luft hinaus, spähte zum Himmel, den eilig Wolken durchpflügten, und schauderte zusammen. Kurz darauf hatte er sich wieder gefaßt und schien abgelenkt wie ein Jagdhund, der eine Spur verloren hat.

»Um zum ersten Punkt zurückzukehren«, begann er aufs neue, »der *Gottvater* kann nicht immer so handeln, wie er möchte. Unser beraubt, die wir seine Stimme und sichtbare Hand waren, den anderen Mitgliedern unbekannt und daher zu Vorsichtsmaßnahmen gezwungen, was soll er da tun?«

»Aber was wird dann«, fragte Agesilao erneut, »aus dem *Großen Plan*?«

»Der wird ausgeführt«, sagte der Baron. »Eben dank unseres Todes. Denn indem wir sterben, ohne unsere *Sache* zu verraten, wird unsere *Sache* heilig in den Augen des Volks. Ans Kreuz geschlagen, ohne ein Sterbenswörtchen zu sagen, tragische Apostel seines Wortes: so wird man morgen von uns sprechen oder so spricht man schon auf den Jahrmärkten in den Dörfern und auf den Plätzen der Hauptstadt. Das Jahr wird noch nicht zu Ende sein, und schon wird sich aus den Vorstädten unter der Führung des *Gottvaters* das Volk erheben...«

»Davon«, sagte der Frater, »werdet ihr wohl besser morgen abend um diese Zeit mit den Fischen auf dem Meeresgrund reden.« Und er klatschte höhnisch in die Hände.

Dann sehr ernst: »Hehre Worte, Ingafù. Trotzdem fehlt ihnen ein Körnchen Salz, dafür wird um ein Körnchen zuviel irre geredet. Du bist nicht mehr der Jüngste, aber ich bin älter als du. Und wie viele Hitzköpfe habe ich fallen sehen, weil sie sich eingebildet hatten, sie könnten aus dem gemeinen Pack ein Volk machen... Blinde Bannerträger, die das Blaue vom Himmel versprechen, aber ich sage von ihnen: Wehe denen, die ihnen folgen.«

»Wir aber«, sagte stolz der Baron, »maßen uns an, daß eine Handvoll Männer, falls sie aufrecht sterben können, imstande sind, einen allgemeinen Aufstand anzuzetteln.«

»Tadellos!« rief Saglimbeni. »So heißt es auch in einer Arie von Donizetti«, und bevor sie ihn hindern konnten, begann er mit leiser Stimme zu singen:

> Triumph für uns ist das Gerüst,
> es schüchtert uns nicht ein,
> denn all das Blut der Tapferen
> wird nicht verloren sein.
> Die nach uns werden kommen,
> sind Helden mit mehr Glück.
> Selbst wenn feindliches Geschick
> grausam sie mitgenommen,
> denn wie man in den Tod muß gehn,
> das haben sie von uns gesehn...

»Chimären«, begann Cirillo wieder. »Wie wenn
einer in seiner Phantasie die Gegenstände vergrößert
und dann für feste Körper nimmt, was nur Hirngespinste sind.«

»Laß es Chimären sein, soviel du willst«, erwiderte
Ingafù. »Ich weiß, die Menschen bleiben kalt, wenn
sie das Blut der Märtyrer nicht erhitzt. Lockere die
Erde auf in deinem Garten, wenn du willst, daß die
Schnecken darin wachsen.«

Da trat der Dichter dazwischen: »Frieden, Frieden!
Das ist nicht der rechte Augenblick zum Streiten.
Wer auch recht haben mag, er hat's nur für die spärlichen Stunden, die uns noch bleiben. Und ich,
Baron, bitte dich keineswegs, als Pythia oder als Si-
bylle aufzutreten, sondern nach dem, was du weißt
und sagen kannst, diese kleine Neugier zu befriedi-
gen: Wie lange hat denn unser vielgeliebter Herrscher noch zu leben?«

»Ein wenig mehr als wir«, aus Ingafùs Stimme klang
verhaltener Jubel, »aber ein bißchen weniger als der
Gouverneur...«

»Von dem heißt es, er habe nur noch ganz wenige
Monate«, und es kicherten alle außer Cirillo. Der
sagte gedankenvoll: »Nun gut. Wenn ich recht verstehe, daß der Herrscher, wenn er auch nur um ein
Haar eurem Attentat am Jahrestag der Thronbestei-
gung entgangen ist, dem nächsten kaum entgehen
wird, dann wird es an guten Gelegenheiten nicht
fehlen: ein Schuß in seiner Loge in der Oper, eine
kleine Dosis Arsen beim Geburtstagsmahl oder ein
Dolchstoß bei der Parade, wann auch immer...
Schade, daß wir alle den Tag nicht erleben!«

»Und wann wird dieser Tag sein?« fragte Agesilao. Aber der Baron antwortete nicht.

Da fragte Narziß: »Wer kann mir denn schwören, daß wir, sobald der Tyrann verschieden ist, eine frohere Welt haben werden?«

»Endlich eine vernünftige Frage«, sagte der Frater, und Saglimbeni: »Gewöhnlich folgt auf einen Tyrannen sein noch schlimmerer Sohn. Aber unser König ist kinderlos, ein Segen vom Himmel. Wenn also er gestorben ist...«

»Wird's mit dem Nachfolger besser gehen«, sagte Cirillo wiederum ironisch und fuhr fort: »Der Thronerbe ist sein jüngerer Bruder, und ihr wißt alle, was für einer das ist. Man erzählt sich Geschichten von seinem liederlichen Leben, obwohl er nicht einmal imstande ist, vor einer Dame ein paar Worte fließend herauszubringen. Auch ein Spieler soll er sein, heißt es...«

Der Schatten eines Lächelns, flüchtiger als der Schatten eines Flügels, huschte über die Gesichter der vier.

»Du warst doch in den Theatern zu Hause«, wandte sich der Baron an den Dichter. »Sag mir, wie heißt denn das Stück von de Musset, in dem ein Medici vorkommt und ein schwachsinniger Vetter?«

Saglimbeni verneinte mit einer Bewegung seines Kinns, es blieb jedoch ungeklärt, ob er sagen wollte, er wisse es nicht, oder ob er keine Lust hatte, weiter davon zu sprechen.

Der Soldat schien es als Aufforderung aufzufassen und ließ seinen Gedanken freien Lauf: »Ich erwarte mir noch nicht die Republik. Das ist ein allzu großes

Wort und klingt schlecht in den Ohren des Volkes. Ebenso verabscheut das Volk die Gleichheit. Es möchte lieber niedrig und gemein bleiben und im Schmutz die Münzen auflesen, die von einem königlichen Balkon fallen. Trotzdem hat es von dem jetzigen Herrscher genug, denn der ist nicht nur grausam, sondern auch geizig. Den Herrscher hat es gründlich satt, aber es hat Hunger auf Brot ... Aus diesen zwei Extremen wird das neue Volk entstehen.«

»Zu einem Aufstand kommt es immer, wenn man etwas satt hat oder nach etwas hungert«, sagte billigend der Baron. »Noch besser, wenn beides eintritt.«

»Ach, hätte doch diese Nacht keinen Morgen«, stöhnte unvermittelt der Junge. Darauf Saglimbeni: »Die Wahrscheinlichkeit ist gegen dich. Es ist ziemlich unwahrscheinlich, daß auf eine Nacht kein Morgen folgt ...«

Er kam nicht zu Ende, seine Worte gingen in einem plötzlichen Krachen unter. Ein ungeheurer Knall erfüllte den Himmel, der zuerst so heiter gewesen war. Und sofort verschwand der Mond hinter einer Sturmwolke, während an seiner Stelle, gleich bleichen Lilien, zahllose Blitze erblühten, welche die Gesichter der fünf Männer in der Zelle in einem blendenden Licht aufleuchten ließen, eines entsetzter und verstörter als das andere, mit erschreckten Ohren auf die Stimme des Meeres horchend. Das brüllte, vom Schwanz eines Drachen gepeitscht, o wie wild, auf den Riffen der Insel.

Schon beim ersten Windstoß war das einsame Lämpchen ausgegangen, da dachten und sagten in der vollkommenen Dunkelheit alle: »Der Baron!«, als sie von seinem Platz ein menschliches Brüllen und das dumpfe Geräusch eines auf den Boden schlagenden Körpers hörten und dann die Geräusche, die anzeigen, daß sich einer verzweifelt am Boden hin und her wälzt. Sofort stürzten sie alle Hals über Kopf zu der Stelle, von der das Klagen kam, während Narziß um Hilfe zur Türklappe eilte. Ein Licht erschien dort, und man sah Agesilao, im Lichtbündel einer Laterne, wie er sich über den Mann beugte, ihn in seine Arme nahm und ihm die Falten im Gesicht und das schüttere weiße Haar streichelte: Äneas.

Es dauerte seine Zeit, bis Ingafù wieder zu sich kam, obwohl der Sturm noch brauste und das Meer noch unter der Peitsche des Windes ächzte. Blitz und Donner mußten jedoch völlig aufhören und das Unwetter, soweit man es durch das kleine Fenster sah, sich ganz beruhigen, bis der Alte seine gewohnte Geisteskraft und Autorität wiedergewann. Mit einem Wink entließ er den Aufseher, der mit seiner Laterne bei der Klappe stehengeblieben war, um den Fortgang des Durcheinanders zu bespitzeln. Indem er ein leichtes Beben, das seine Stimme noch störte, durch einen erzwungen scherzhaften Ton überwand, sagte er dann: »Wie merkwürdig, noch immer diese panische Angst vor der Sintflut, als hätte ich vom Himmel überhaupt noch etwas zu befürchten. Es ist viele Jahre her, daß ich diese Angst in mir habe, und nie habe ich ihren Ursprung preisgegeben. Die Gelegenheit ist günstig, ich will Rechenschaft darüber ablegen, vor allem mir selbst. Darum möchte ich das zweite Stück unseres Rosenkranzes für mich in Anspruch nehmen.«

Alle scharten sich aufmerksam und gefügig um ihn. Der Baron stand über ihnen, war älter und durch sein Alter verständiger als sie, er hatte die anderen ausgesucht und ihnen gestattet, in immer höhere Ränge aufzusteigen und sich dem rätselhaften Anführer allmählich zu nähern. Und mehr als einer von ihnen verdankte ihm das Leben, diesmal freilich den Tod.

»Was ich erzählen werde, meine Freunde, hat keinen Titel«, kündigte Ingafù an und erzählte die folgende Geschichte, während die anderen schweigend zuhörten.

VII   Was der Baron erzählt

»Ich war gerade großjährig geworden, da bemerkte ich von einem Tag auf den anderen, daß in jeder meiner Gesten und in jedem meiner Worte, gleich einem Wurm in einer Frucht, so etwas wie ein ›geistiger Vorbehalt‹ nistete. Ich liebkoste eine Frau und dabei dachte ich: ›Und nun?‹ Ich bekam Beifall für einen eleganten Anzug oder für einen geistreichen Ausspruch, und ich mochte darob lächeln oder erröten... aber gleichzeitig breitete sich unter meiner Haut etwas anderes aus: ein Unbehagen, eine Art Hinterhalt der Nerven, ein unendlich kleines Erschaudern im Kopf, das nicht zu einem Begriff zu werden vermochte, sondern zu müßigen Fragmenten eines Zweifels zu gerinnen schien: ›Aber ich...‹, ›Und wenn...‹, ›Ja, aber...‹

Dies war die Vergiftung meiner Jugend, von der ich erst ziemlich spät genesen bin. Wohl besaß ich die begehrtesten Güter: Schönheit, Vermögen, Gesundheit... Und doch, wenn ich abends von einem Festmahl bei Hof oder von einer Jagd nach Hause zurückkehrte, geschah es nie, daß ich das Licht auslöschte und sofort in friedlichen Schlummer sank, mit weit offenen Augen blickte ich vielmehr Stunde um Stunde in die Finsternis, und dort sah ich, wie an eine Tafel geschrieben, das unwiderstehliche Nichts stehen...

Es mag euch helfen, die Wurzel meiner Qualen zu verstehen oder nicht, aber ich muß sagen, es war damals die Zeit des *cholera morbus*, und täglich sah

ich viele aus voller Lebenskraft von meiner Seite
scheiden; und als Schmutz mißverstanden wurde
jegliches Ding, selbst die Post, die, doppelt ver-
schnürt, von auswärts eintraf, auch sie kam in Qua-
rantäne, nicht weniger als ein Mensch. Das mag meinen Geist so schwarz gefärbt haben. Wenn es nicht
die Schriften jenes Grafen aus den Marken* waren,
die, von der Zensur verboten, mir aber heimlich von
dem Buchhändler Starita ausgehändigt wurden und
die ich zuerst mit Widerwillen, dann aber mit töd-
lichem Erfolg las. Sicher ist eines: Ich alterte rasch,
jeden Tag, eine immerwährende träge Leere empfin-
dend, gleichgültig gegen mich selbst, drehte ich
mich nicht um, wenn mich jemand beim Namen
rief. Ich war niemand geworden, keiner Leidenschaft teilhaftig, zweifach fremd, dem Blick der anderen und meinem eigenen.
In allem das Gegenteil Secondino, mein Zwillings-
bruder. Auf diesen Namen getauft, weil er eine
halbe Stunde nach mir aus dem Leib unserer Mutter
gekommen war; sein Pech hatte er aber frohgemut
auf sich genommen. Zufrieden mit dem wenigen,
das er hatte: Bücher von jenseits der Alpen, ein paar
Liebesabenteuer, das Schachspiel... Und dabei immer sein ruhig Blut, seine engelsgleiche Liebe zu
Gerechtigkeit und Wahrheit und der feste Glaube,
das Elend der vielen ließe sich in kurzer Zeit durch
die Anstrengung weniger lindern.
Ich hielt diese Bestrebungen für unbesonnen und
versäumte es nicht, ihm Vorsicht zu predigen. Er
hörte nicht auf mich: Briefe Fabrizis, die aus Spa-
nien kamen, fielen einem Zensor in die Hände, sein

Name wurde darin genannt, er konnte gerade noch in letzter Stunde auf französischen Boden entkommen.

Mir blieb die Freundschaft der Großen des Königreichs trotzdem erhalten; im Gegenteil, mitleidsvoll und teilnehmend scharten sie sich um mich, als trauerten sie mit mir um ein Familienmitglied, das den Verstand verloren hatte. Aber ich verfing mich allein noch mehr in der Falle trägen Dahindämmerns, wo von Zeit zu Zeit die Vorstellung auftauchte, es wäre besser zu sterben, als sich jeden Tag aufs gleiche und vergeblich in einem Spiegel zu wiederholen.

Meine harmlosen mondänen Ausschweifungen von damals, einzig und allein in der Absicht begangen, die leere Hülle, die ich war, mit neuem Blut zu füllen, brachten mir den Ruf eines Exzentrikers ein, bescherten mir aber nicht mehr als eine vorübergehende Erleichterung. Da beschloß ich, mich auf Reisen zu begeben.

Als ich mich am Vorabend meiner Abreise – ich erinnere mich noch gut – zum König begab, um mich, der Sitte entsprechend, zu verabschieden, traf ich auf der Treppe den *Gottvater*, von dessen Doppelleben ich natürlich noch nichts ahnte und ebensowenig, daß er der geheime Fadenzieher aller sektiererischen Umtriebe war.

›Der Wirrkopf von deinem Bruder‹, sagte er abgehackt, wobei er so tat, als würde er über die Silben stolpern, obschon er nicht wirklich stottert, sondern nur, um auf diese Art, die euch ja bekannt ist, die Aufmerksamkeit seines Zuhörers zu erzwingen, indem er ihn dadurch halb in Sorge, halb in Verwunderung stürzt und auf die Folge der unterbrochenen Rede warten läßt. ›Wenn du ihn in Paris triffst‹, fuhr er, mühselig stammelnd, fort, ›bestelle ihm von mir, er solle ins Vaterland zurückkehren, sich seinem Herrscher zu Füßen werfen und um dessen Nachsicht bitten. Männer wie er werden hier mehr gebraucht als im *Café de la Régence* . . .‹

Damit spielte er, wohl ein wenig verächtlich, auf die Schachleidenschaft meines Bruders an, deren öffentliche und illustre Arena jenes Café war. Ich wolle es ihm schon bestellen, erwiderte ich matt. In Wahrheit aber legte ich diese Worte zu dem Haufen anderer ähnlicher, die ich andere Male von anderen gehört hatte. Im übrigen fühlte ich mich jeglicher Verpflichtung enthoben, einzig und allein der Qual ausgeliefert, einen Sinn, einen Namen und ein Gesicht für mich selbst zu finden.

Ich hatte mich nämlich während der Reisevorbereitungen immer mehr in mein Kranksein verliebt. So daß an die Stelle meiner früheren Bedrücktheit, mich in jedem Glas meines Zimmers in stets unerträglicher Gleichheit zu erblicken, – hört nur! – das Entsetzen getreten war, mich bisweilen gar nicht mehr zu sehen; meine Gestalt nicht mehr zu erblicken, sondern an ihrer Stelle das Spiegelbild der Einrichtungsgegenstände und der Zimmerwände hinter mir. Als wäre ich Luft, etwas Durchsichtiges, und hätte nicht nur wie jener Peter Schlemihl im Märchen meinen Schatten verloren, sondern sogar die Substanz meines Körpers!

Hirngespinste eines saturnischen Geistes, vermute

ich, die ich vor euch nur erwähne, damit klar wird, am Rande welchen Abgrunds ich mich befand.

Schließlich machte ich mich auf und reiste mit einem Diener und leichtem Gepäck kreuz und quer durch Europa. Ein Jahr lang mied ich Paris, da es mir unangenehm war, mich Secondino in meinem trostlosen Zustand zu zeigen. Keineswegs sorgte ich dafür, ihm durch einen Boten die Worte des *Gottvaters* zukommen zu lassen, deren tieferen Sinn ich freilich, nicht ahnend, wer sie eigentlich ausgesprochen, nicht verstanden hatte. So landete ich nach Wien und London, Genf und Lyon schließlich an den Ufern der Seine, wo ich in einer kleinen schmucklosen Wohnung in Batignolles, weitab vom überschäumenden Leben der Innenstadt, Unterkunft fand.

Das Aufsehen, das die neunzehn Toten auf dem Boulevard du Temple und die Verhaftung Fieschis* erregt hatten, war noch in der Stadt lebendig. Mir trug es dreifaches Mißtrauen ein: von seiten des Hausherrn, der Nachbarn und der Polizei des Viertels, welche alle mein fremdländisches Aussehen beunruhigte. Ich aber ging blind und feierlich in meinem schwarzen Umhang an ihrem Abscheu vorüber, von dem ich erst später erfuhr, als die sichtliche Unschuld meines Verhaltens sie entwaffnet hatte.

Inzwischen besichtigte ich die Stadt, ohne daß sie mir gefiel. Je geschichtsträchtiger Orte und auch Menschen sind, desto kühler lassen sie mich: Meine Vorliebe gilt Dörfern mit wenig Vergangenheit, die nur mit einem Kirchturm und einem Gärtchen in der Falte irgendeiner Ebene liegen.

So hatte ich mir in der Hauptstadt einen kleinen Park

am Rande ausgesucht, so einfach, wie ich ihn nur wünschen konnte, wohin ich mich, das *Journal des Débats* unter dem Arm, begab, um in Gesellschaft einiger weniger alter Weiblein mit Sonnenschirmen frische Luft zu schnappen.

Hier las ich in aller Ruhe, erhob von Zeit zu Zeit ein wenig die Augen zur Bank gegenüber, wo im Schatten einer Pomona aus Gips jeden Morgen ein einsames junges Mädchen saß, das wohl den gleichen Geschmack hatte wie ich.

Die Schöne blickte ihrerseits zu mir herüber, wobei sie ihren Finger als Lesezeichen zwischen die Seiten ihres Buches steckte. Das blonde Haar fiel ihr aufgelöst über die steilen Klippen des Busens, und ein freundliches Schmollen lag auf ihren Lippen. Ich sprach nicht mit ihr, obschon sie es zu wünschen und zu erwarten schien. Nur einmal hob ich ihren Strohhut auf, den der Wind ihr kupplerisch entrissen und mir zu Füßen geweht hatte, aber ich gab ihn ihr mit einer leichten Verbeugung und schweigend zurück.

Das steigerte noch meinen Gram und mein graues Selbstmitleid.

›Also ist jedes Feuer in mir erloschen‹, dachte ich, ›und ich bin doch noch jung!‹

Da eilten meine Gedanken unwillkürlich zu Secondino, dessen Entgegenkommen und liebevolle Lebensglut ich kannte. Er wohnte weit weg von mir, auf der Insel im Fluß; und ich hatte ihn nie aufgesucht, ja, ihm nicht einmal Nachricht gegeben von mir und meiner Ankunft in der Stadt. Nicht in böser Absicht, sondern aus einem Gemisch von Gefühlen, in das Angst und Vergeßlichkeit zusammenflossen.

Aber während ich so träge dasaß, die Blätter der Zeitung aufgelöst auf den Knien, und darüber nachdachte, warum ich ihm eigentlich aus dem Weg ging, kam mir plötzlich eine Erleuchtung: Sollte etwa er, Secondino, an meiner Misere unschuldig schuldig sein und ich, einem verborgenen Gewissensbiß nachgebend, mit meiner Selbstvernichtung dafür büßen müssen, ihm durch meine frühzeitige Geburt das Recht des Erstgeborenen geraubt zu haben? ›Wegen einer halben Stunde‹, sagte ich laut, und das Mädchen mir gegenüber fuhr hoch. ›Wegen des elenden Vorsprungs einer halben Stunde.‹ Und ich stand auf, lief weg und ließ sie bestürzt zurück. Denn ich hatte begriffen, daß ich, um zu genesen, nur alles mit meinem Bruder zu teilen, ihm nur die Hälfte meiner Güter und Titel zu geben brauchte und ihn dafür um die Hälfte seiner hochherzigen Illusionen bitten müßte. Nur so würde ich den einen Menschen, der wir beide waren, wieder zusammensetzen und zu neuem Leben erwecken.

Also besuchte ich Secondino, und er schenkte mir Umarmungen und Wärme. Er nahm mich in seinen Freundeskreis auf. Als ich ihm von meinem Vorhaben, alles miteinander zu teilen, erzählte, wies er es energisch zurück: ›Was sind das für Reden, und was soll das Linsengericht, das du mir da anbietest?‹ sagte er. ›Wo es nicht einmal sicher ist, daß dir das Ältestenrecht zusteht. Mehr als ein Gelehrter behauptet, daß derjenige, der als zweiter zur Welt kommt, als erster gezeugt wurde. Und der wäre ich.‹

Er verwechselte meine Überraschung mit Besorgnis, so daß er sofort hinzufügte: ›Ändern wird sich nichts. Reg dich nicht auf! Mein Wappen ist die Freiheit.‹

Wir saßen im Café Procope mitten unter vielen jungen Männern mit langem schwarzem Haar um einen Alten, dem unter der seidenen Mütze das weiße Haar hervorquoll.

›Vor der Freiheit die Gleichheit‹, proklamierte dieser, der berühmte Buonarroti, wie mir gesagt wurde, und schlug mit seinem Spazierstock auf den Boden. ›Man kann doch nicht frei sein, wenn man nicht gleich ist!‹

›Gleich schon‹, erwiderte mit sanfter Stimme Secondino, ›aber zuerst frei!‹

Da erhob sich ein Höllenlärm, den die Stimme des Alten schließlich bezwang: ›Es gibt viele Fanatiker, welche die Worte Freiheit und Republik ständig auf den Lippen haben, aber nur, weil sie sich ihrer bedienen, um auf der alten eine neue, schlimmere Aristokratie zu errichten.‹

Secondino erwiderte mit Feuer: ›Es gibt andere, die zwischen den Klassen Zwist säen, statt Einigung zu stiften. Und sie behaupten, der Erlösung des Volkes helfe die Usurpation der Rechte anderer.‹

So fuhren sie eine Weile fort, indem sie einander die Namen Saint-Simon und Mazzini, Robespierre und Babeuf wie Steine ins Gesicht schleuderten, während ich, für mich allein in einer Ecke sitzend, sie mit Kindern verglich, die, allzusehr in ihr Spiel versunken, nicht bemerken, daß sie von einem bösen Alten beobachtet werden. Und während der weißhaarige Buonarroti als der kleinste Junge von allen erschien, spielte ich die Rolle des erwachsenen Spions ...

Als ich später mit Secondino allein war, erfuhr ich vieles von ihm: Er hatte sich der Befreiung aller Völker verschrieben. Er wollte ins Vaterland zurückkehren, wie es die Botschaft, die ich ihm überbracht, verlangte, da die Zeit des Handelns nun gekommen sei. Als ich ihn fragte, woraus er das schließe, beugte er sich über mein Ohr: ›Ich muß absolutes Schweigen bewahren‹, flüsterte er, obwohl niemand in unserer Nähe war, ›aber dir, mein Bruder, muß ich's sagen. Was du mir überbracht hast, ist kein guter Rat, sondern ein Befehl. Der Mann, der ihn dir dort unten mitgegeben, ist der Anführer von uns allen. Er spricht nicht, wie der Genueser*, von London aus, mit dem Mund eines ahnungslosen Flüchtlings; sondern seine Stimme kommt aus dem Herzen des feindlichen Königspalastes.‹ Und er sagte mir einen Namen ins Ohr.

So erfuhr ich von jenem beinahe unglaublichen Doppelleben, erfuhr vom Plan des Aufstands; trotzdem erstarrte ich, denn ich hatte alle Zuversicht verloren, meinen Bruder je an mich zu binden, da sein Blut mir zwar nahe war, seine Gefühle aber weit von den meinen entfernt und fremd erschienen.

Endlich beschloß ich, ihm meinen Zustand vollends zu enthüllen. Er hörte mir verwundert zu und sagte dann lächelnd: ›Ich weiß nicht, wer von uns beiden der Ältere ist, aber der Unvernünftigere bist sicherlich du. Das Gefühl des Nichts und der Mangel an Sein, über die du dich beklagst, kommen nicht von hier‹, und er berührte seine Brust, ›sondern von hier‹, und er tippte sich mit einem Finger an die Stirn. ›Du hast dein Jahrhundert noch nicht verstanden; so, wie du diese Stadt nicht verstehst, die seine Bannerträgerin in aller Welt ist.‹

Wir waren an einem Aussichtspunkt in der Nähe des Friedhofs Père Lachaise, wohin er mich geführt hatte, um mir die Szenerie aus einem eben erschienenen Roman in der Wirklichkeit vorzuführen, und wir sahen die ganze Stadt zu unseren Füßen ausgebreitet liegen.

›Sieh sie dir an‹, sagte er, ›es brodelt aufrührerisch in ihr wie in einem Wasserkessel. Hör auf das Gegurgel, das aus ihr aufsteigt: von den Ufern des Flusses, aus den Hütten und Palästen, aus den Opiumhöhlen, wie aus einem Wasser, das noch von Steinen zurückgehalten wird, wie aus einem Topf, der gleich bersten wird. Sieht es nicht aus, als läge ein schlafender Koloß an den Ufern der Seine? Gleich da unten siehst du seinen waldigen Kopf und dort seine zwei langen gespreizten Beine, hier in der Mitte den Brustkorb, wo man ein großes Herz schlagen hört. Weder ich noch wir allerdings, sondern der Geist, der uns beseelt, wird diese Stadt zum Bild einer neuen Schöpfung machen: geboren aus der Seele des Menschen und aus den Eingeweiden des Geschaffenen, Schauplatz und Zeugnis der himmlischen Freigebigkeit. Hier wird ein Funke abspringen, der die ganze Erde in Brand stecken wird…‹

Seine Augen glänzten, während er so sprach, und ich wagte ihm nicht zu widersprechen. Ja, ich ging so weit, daß ich, um ihm zu gefallen, zum Adepten dieser und anderer noch verstiegenerer Weissagungen wurde: mit keiner Lehre im Bunde, aber über alle im Bild. Genau wie in Ménilmontant, als ich mich

96

unter die Saintsimonisten mischte, in derselben Tracht wie sie: mit einer blauen, vorne herzförmig geöffneten Tunika und einem auf dem Rücken zusammengebundenen Leibchen darunter und mit versengten Hosen. Extravaganzen, die mir bei dem gesammelten Eifer aller ein demaskierendes Lächeln entlockten und mich Hals über Kopf fliehen hießen. Eben dieses unvermutete Lächeln aber, das erste seit vielen Jahren, senkte mir eine Hoffnung ins Herz: Wenn ich an Secondinos Seite lebte und in aller Unschuld sein Leben nachahmte, würde ich vielleicht damit das meine auf irgendeine Weise füllen. Wie wenn man mit einem Tropfen Essig die fadeste Speise zum Leben erweckt.

Da begann ich mich mit ihm zu vermischen, selbst in den kleinsten Einzelheiten. So wurde ich ein Habitué des Schachspiels, in dem er Meister war, ging mit ihm ins Café, geschmeichelt, an seiner Seite zu sitzen und die Wechselfälle jedes Spiels solidarisch zu genießen oder mitzuleiden. Nur noch fähig, um wohlfeile Gefühle zu betteln und mich damit zu begnügen; einem Seemann gleich, der seine Hoffnung selbst an die leiseste Brise hängt, um den Tücken des reglosen Meeres zu entkommen...

Und einer solchen Gelegenheit verdanke ich das Ereignis, das mein Leben völlig umkehrte und mir das Los zuteilte, dessen Ende heute bevorsteht.

Wie gewöhnlich war ich mit Secondino ins *Régence* gegangen, wo der große La Bourdonnais aufs Geratewohl eine Vorführung angesagt hatte. Im Verein mit den Koryphäen am Platz meldeten sich auch mein Bruder und ein Dragonerhauptmann im Ruhestand, ein gewisser Pibrac, um ihn zu einer Partie herauszufordern. Dieser Pibrac war ein eingefleischter Legitimist; eine Silberplatte auf seinem Schädel deckte eine alte klaffende Säbelwunde zu: eine Erinnerung an Waterloo, wo er als Franzose gegen Franzosen gekämpft hatte.

Er war der einzige, der gegen La Bourdonnais nicht unterlag, und damit brüstete er sich später vor Secondino, der hingegen in allen Ehren verloren hatte. Daraus ergaben sich spöttische Wechselreden zwischen den beiden und schließlich ein Wettkampf, der in drei Partien ausgetragen werden sollte, und man kam überein, daß der Unterlegene, auf Verlangen des anderen, ein *Es lebe* oder *Tod dem* zum Schimpf seiner eigenen Überzeugungen ausstoßen müsse.

Es war nämlich unter den leidenschaftlichen Spielern Brauch, in den Gefechten des Spiels auch das Fieber der Weltanschauungen zu kühlen. Als wäre der Krieg zwischen den kleinen Figuren aus Buchsbaumholz der Schatten eines anderen, ungleich grausameren, und würde dessen Kämpfern Gestalt verleihen. Daher geschah es nicht selten, daß jeder Spieler, je nach seiner eigenen Einstellung, eine gefangene gegnerische Figur mit dem Namen von Thiers oder Cavagnac oder gar des Herrschers beschimpfte...

Der Abend kam, und das Spiel begann in einer Stille, die unterdrückte Schreie in sich trug, und unter den Augen nicht neutraler ernster Zuschauer, die hinter den beiden standen. Unter ihnen auch La Bourdonnais und Des Chapelles und Saint Amant, die zwei

rivalisierenden Meister, letzterer war eben von seinen
Londoner Triumphen zurückgekehrt. Also andere
Zuschauer als solche, die weniger die Leidenschaft
hinter dem Kampf interessierte als ein guter oder
weniger guter Zug.

Pibrac und Secondino waren von ungefähr gleicher
Fertigkeit im Spiel, aber entgegengesetzten Tempera-
ments. Vorsichtig und zurückhaltend der erstere, den
Geboten der englischen Schule gehorchend; phanta-
sievoll und ungestüm im Planen Secondino, der über-
stürztesten Erfindungen und der scharfsinnigsten
Opfer fähig. Ein solches Opfer, das er nicht ausreichend kalkuliert hatte, brachte ihm in der ersten Partie eine Niederlage ein, während ihm ein anderes
beim folgenden Spiel dazu verhalf, aufzuholen. So
stand man vor dem letzten Gefecht, in dem mein
Bruder, da es ihm an Figuren und guten Positionen
gebrach, unaufhaltsam einer Niederlage entgegenzu-
gehen schien. Trotzdem versteifte er sich darauf, die
Fäuste unters Kinn geschoben und die Schläfen
schmerzhaft angeschwollen, irgendeinen mysteriö-
sen alles entscheidenden Schlachtplan auszubrüten.
Die Aufmerksamkeit ringsum war gespannt, stumm,
unerbittlich. Zu unerfahren im Spiel, um mit Sicherheit den Ausgang voraussehen zu können, suchte ich
auf den Gesichtern der Umstehenden etwas abzu-
lesen, das meine Ängste zunichte gemacht hätte. Aber
Pibrac nahm mir jeglichen Mut, er hatte nämlich
seine Lippen schon zu einem höhnischen Grinsen
aufgeworfen und sich inzwischen eine Zigarre angezündet, und ungeniert beleidigten die Rauchwolken
aus seinem Mund Secondinos ungetrübte blanke Au-

99

gen. Ich hätte ihn daher beschimpfen mögen, aber mein Bruder kam mir zuvor. Ich sah, wie seine bleiche, von blauen Adern durchzogene Hand einen seiner Bauern packte und dessen Kopf so lange im vollen Aschenbecher, den Pibrac vor sich hingestellt hatte, hin und her rieb, bis der Kopf selbst voller Asche war. Dann sagte er: ›Mit diesem gebrandmarkten Bauern, diesem schmutzigen plebejischen Fußsoldaten, werde ich Euren Monarchen in sieben Zügen schachmatt setzen.‹ Und er begann den ersten Zug zu zählen.

Ich sah Pibrac an: Auf Kopf und Stirn war ihm plötzlich der Schweiß ausgebrochen und rann ihm über Koteletten und Lippen. Mechanisch wischte er sich mit der Hand ab, es war eine gedrungene, kurze Hand mit hochstehenden rötlichen Stacheln, die er sich vor unseren Augen auf die silberne Schädelkappe legte. Während die andere, die linke, widerwillig die Figuren verschob, wie es Secondinos folgende Schachzüge erzwangen.

Sechs Akte dauerte die Tragödie, bis Pibracs König sich hinter seinen Untertanen verschanzen und dort zugrunde gehen mußte, nachdem der mit Asche gekrönte Bauer den siebten und letzten Zug vollendet hatte, während die Stimme meines Bruders ein leises ›voilà‹ vernehmen ließ und die Zuschauer in einen nicht enden wollenden Beifall ausbrachen.

Einen Moment schien Pibrac verloren, dann warf er seinen Kopf zurück und erhob sich. ›Mein Herr‹, sagte er, ›Ihr habt vorhin diesen Bauern berührt, um seinen Kopf zu beschmutzen, und habt ihn dann wieder in sein Feld zurückgestellt. Habt aber nicht, wie es die Regel erfordert, sofort mit ihm gezogen; deshalb, mein Herr, habt Ihr verloren.‹

Wir, ich und die anderen, erstarrten vor Schrecken, aber da bahnte sich La Bourdonnais in seiner ganzen Größe und mit seinem vierschrötigen ehrlichen Gesicht einen Weg durch die Menge. Er nahm den König Pibrac, es war der weiße, in beide Hände, zwei schöne große Würgerhände, hob ihn in die Höhe und sagte mit komischer Feierlichkeit zu ihm: ›Majestät, ich bitte Euch um Vergebung, aber ich sehe Euch tot und begraben.‹ Dann wandte er sich belehrend dem Obersten zu: ›Herr Oberst, Ihr hättet ihn sofort zurechtweisen müssen, als er gegen die Regel verstieß. Da Ihr es aber erst am Ende der Partie gemacht habt, habt Ihr die Niederlage einzustecken. Und jetzt‹, und an dieser Stelle zog er seine Uhr hervor, ›bestehen, wie mir scheint, ausgezeichnete Gründe anzunehmen, es sei bald Mitternacht, und deshalb bleibt uns nichts anderes übrig, als nach Hause zu gehen. *Ego locutus, causa finita.*‹

Keiner sagte ein Wort, und in großer Erregung erhoben sich die beiden, der eine zornig, der andere freudig. Die Zuschauer aber rührten sich nicht von der Stelle, denn sie warteten auf die öffentliche Einlösung des Pfandes. Daher sagte Secondino zu dem Dragoner: ›Geht hin, mein Herr, Ihr seid freigesprochen, aber eines möget Ihr wissen, der Ruf, zu dem Ihr Eure Lippen hättet öffnen sollen, wäre nichts anderes gewesen als *Tod den Tyrannen.* Eine leichtere Buße als *Es lebe der König*, die Ihr mir sicher auferlegt hättet, wenn ich verloren hätte. *Tod den Tyrannen*, das werdet Ihr zugeben, klingt ein wenig besser und zwingt das Gewissen nicht zu einem Meineid. Es sei denn, König Birne erschiene Euch als Tyrann...‹

Auch ich lachte, denn, obwohl ich erst seit kurzem in Frankreich war, hatte ich schon bemerkt, daß die Karikaturisten den König in Zeitungen und an Hausmauern veräppelten, indem sie ihn in Gestalt einer Birne darstellten. Wer nicht lachte, war Pibrac, er zog vielmehr, fahl geworden, eine Münze aus der Tasche, auf der der König abgebildet war, drückte einen raschen Kuß darauf und bewegte sich dann auf den Ausgang zu.

Alles schien schon zu Ende, da muß ihn irgendeine Wespe gestochen haben, als er bereits auf der Schwelle stand. Mit einem Schlag wandte er sich um, kam noch einmal zurück.

›Nun wird sich Eure Familie Asche aufs Haupt streuen müssen!‹ rief er und schlug mit einem Handschuh Secondino auf die Wange.

In dem Tumult, der darauf folgte, wollte ich mich eiligst zwischen die beiden werfen, aber das Schlimmste war schon geschehen, es konnte nur noch Genugtuung verlangt und gewährt werden.

›Ich suche keine Händel, aber manchmal finde ich welche‹, erklärte Secondino stolz. ›Morgen sollt Ihr meine Sekundanten haben.‹

Es überraschte mich, ihn so sprechen zu hören. Ich hätte geschworen, es gehöre zu seinen Prinzipien, ein Duell abzulehnen; mit einem solchen Mann obendrein. Mir kam aber der Verdacht, er tue es mir gleich, der ich mich anstrengte, ihm die Seele auszusaugen, um die meine anzustecken, da er, ohne eine

Ahnung davon zu haben, die törichten Pflichten meines aristokratischen Standes einfach nachahmte.

Ich bemühte mich daher, ihm mit allen Mitteln das Duell auszureden. Ich gab ihm zu bedenken, er sei in den Waffen unerfahren, sein Gegner aber ein Haudegen... Ich erreichte mit knapper Not, daß er sich für die Pistole und gegen die blanke Waffe entschied, mit der er aufgespießt worden wäre, und daß er seine Hoffnung auf die alten Augen seines Gegners setzte.

›Was glaubst du denn?‹ versuchte er mich zu ermutigen. ›Ich hab zwar das Pulver nicht erfunden, aber gute Augen habe ich und weiß mich, wenn es darauf ankommt, ihrer zu bedienen.‹

Dann zog er sich zurück, um sein Testament zu schreiben.

Der ganze Tag vor dem Duell war denkwürdig strahlend, obwohl der Winter beinahe vor der Tür stand. Ich erinnere mich noch an den Spaziergang, den wir, mein Bruder und ich, durch die größeren Straßen der Stadt machten; an die Plakate von Veranstaltungen, die ich verstohlen ansah und dabei dachte, daß auch er sie ansah und seinerseits in seinem Innersten dachte: Wer weiß, ob ich Madame Saqui noch einmal auf dem Seil tanzen sehe, ob ich Frédéric Lemaîtres Tiraden in *Robert Macaire* im Theater der *Folies* noch einmal hören werde... wer weiß, wo ich morgen abend sein werde...

Das bewegte mein Gemüt, aber ich muß gestehen, es war eine Unruhe dabei, die nicht allein Angst vor dem Kommenden war, sondern auch die bange Erwartung einer bevorstehenden Offenbarung: als wäre dies Duell die schreckliche, aber notwendige

Katastrophe, die nicht so sehr den Knoten seines wie den Knoten meines Lebens lösen sollte.

Das Morgengrauen kam. Unvermittelt kalt, wie es die Jahreszeit gebot. Mit einem kleinen Kahn fuhren wir in den Wald von Vincennes. Ich betastete in meiner Tasche, versiegelt, seinen letzten Willen.

Als ich an Land sprang, so entsinne ich mich, benetzten sich meine Stiefel mit Tau, und der Frühnebel kratzte mich in der Nase. Einen Augenblick lang hoffte ich, der Nebel würde zunehmen und das Duell verhindern. Aber schon hatte er sich verflüchtigt, und zu den Zeugen wagte ich nicht einmal davon zu sprechen. Es waren ihrer zwei für jede Partei, eigenartig voneinander verschieden: steife, düstere Veteranen die von Pibrac, jung und verschlafen, halb verängstigt, halb lustig wie Ausflügler unsere beiden. Überflüssig der übliche Versöhnungsversuch.

›Auf dem Kampfplatz versöhnt man sich nicht‹, sagte Pibrac hart. Und fügte hinzu: ›Eine Beschimpfung meiner Person hätte ich vergeben, nicht aber die Beschimpfung meines Königs.‹

Einer seiner Sekundanten meinte: ›Ihr werdet mich doch nicht wegen nichts und wieder nichts mit den Hühnern aus den Federn geholt haben.‹

Pibrac nahm seine Kopfbedeckung ab und bückte sich, um sie ins Gras zu legen. Ein vorwitziger Sonnenstrahl, der die dicke Wolkenwand durchbrach, streifte das Silber seiner Schädelkappe. Wie der Oberst so gegen die Sonne stand, erschien er mir wie von einem Heiligenschein umgeben. Aber ich hatte nicht einmal Zeit, wegen dieser unzulässigen Blendung mit mir selbst ins Gericht zu gehen, da sorgte er schon selbst dafür, vom Altar herunterzusteigen: ›Wenn ich sterbe‹, sagte er zu Secondino, der vor ihm stand, ›dann soll dies mein letzter Wille für Euch sein!‹ Und er schleuderte ihm zweimal eine obszöne Geste ins Gesicht.

Inzwischen waren die Waffen geladen, die Abstände festgelegt. Dreißig Schritte zwischen den beiden, vor dem Schießen noch weitere fünf Schritte. Aber jedem wurde es zur Pflicht gemacht, sofort nach dem Schuß des Gegners stehenzubleiben und augenblicklich darauf zu antworten.

›Es kommt mir vor‹, flüsterte mein Bruder, ›als würde ich mein eigenes Exekutionspeloton befehligen.‹

In dem Moment kam, verspätet, der Arzt. Klapperig und klein, mit verdrießlicher, ungeduldiger Miene. Es lag ihm daran, uns sofort die Höhe seines Honorars mitzuteilen, dann setzte er sich auf die Waffenkiste und rauchte.

Sonst war nichts mehr nötig. Die Zeugen zählten die Schritte, einer nach dem anderen, aber es entstand eine kleine Meinungsverschiedenheit, denn der jüngere unserer Sekundanten, einer mit ellenlangen Beinen, hatte versucht, ein paar Meter herauszuschinden, was den Abstand verlängert hätte. Schließlich wurde der Befehl gegeben, Stellung zu beziehen, auch wenn es notgedrungen wiederholt werden mußte; schuld daran war Secondino, dem rein zufällig ein Schuß losgegangen war, weil sein Finger zu stark auf den Hahn gedrückt hatte.

Diese komischen Zwischenfälle schienen der Szene den verhängnisvollen Beigeschmack zu nehmen, es erschien unglaubwürdig, daß so künstliche Handlungen und Zeremonien mit etwas anderem als Vorhang und Applaus enden konnten. Um so mehr neigte ich dann zu der Auffassung, als ich einen dikken Tropfen auf meine Nase fallen spürte, der mir vorkam wie ein übernatürliches Verbot. Ich blickte zum Himmel und sah eine Wolkenflotte, welche die Sonne versenkt hatte, mit geblähten Segeln über uns hinziehen, einem Wirrwarr aus Höckern und monströsen Schnauzen gleich; dann brachen Blitz und Donner los und entfesselten ihre Wut direkt auf die düsteren Wipfel des Waldes.

›Genug!‹ schrie ich, ›stellen wir uns unter!‹, in der Hoffnung, die beiden würden mir folgen, aber sie blieben reglos am Rand der Lichtung stehen, mit tränenüberströmten Wangen und dickköpfigem Wahnsinn in den Augen. Reglos standen sie, während wir uns wie Internatsschüler in Ferien schon längst unter den Schutz der Bäume geflüchtet hatten, so reglos, daß ein Hase, der sie beide streifte, in aller Ruhe die ganze Wiese überquerte und langsam auf einen hohlen Baum zuhoppelte, um sich dort zu verbergen.

Wir schrien noch einmal, als wir sie unter dem Regenschauer wie unter einem Steinhagel langsamen Schrittes bis zur Schußlinie vorgehen sahen. In diesem Augenblick wurde mir klar, daß Secondino sterben wollte und daß ich selbst ihm insgeheim dasselbe wünschte, obwohl ich alles tat, um es zu verhindern.

Meine Erinnerung an das, was dann geschah, ist lückenhaft, aber zwei Bilder meines Bruders haben sich mir unauslöschlich eingeprägt: eines, wie er den Arm hochhebt und mit einem Ausdruck traumverlorener Glückseligkeit im Gesicht auf eine Wolke schießt wie ein Spaßvogel, der von einem gelungenen Streich erzählt; das andere, wie er daliegt, von soviel Blut überströmt, daß man nicht erkennen kann, wo seine Nase ist oder sein Mund: eine Karnevalsmaske, ein Scherz der Weinleser, die sich die Trauben ins Gesicht schmieren; nichts, mit anderen Worten, was einen Tod ahnen ließe.

Er war aber sofort tot gewesen, und lange Zeit bewahrte ich in einem Täschchen meines Gilets das Stückchen Blei auf, das ihm den Kiefer durchschossen hatte. Jedesmal, wenn ich seitdem ein Donnerrollen höre, spüre ich, daß eine eherne Hand mir die Brust zusammendrückt, und ich werfe mich stöhnend zu Boden. Wiewohl ich an jenem Tag, jenem Tod mitten im Unwetter meine Heilung und meine Wiedergeburt verdanke. Ja, denn das Wunder war dies, daß jene mörderische Kugel mich neu getauft hatte. Genau in dem Augenblick, als Secondino durch die Explosion zerschmettert wurde, erschütterte dieselbe Explosion, nur unblutig, auch meinen Kopf, und plötzlich begannen alle meine Lebensfasern vor Erleichterung zu singen. Ich, Corrado Ingafù, Baron von Letojanni, ich, halbierter und erschöpfter Sproß eines hochherzigen Geschlechts, erstand zu neuem Leben aus der leeren Hülle des Leichnams zu meinen Füßen, über dem ich trotzdem heuchlerische und zugleich ehrliche Tränen vergoß. Wie ich bis jetzt als sein Schmarotzer gelebt hatte, beinahe, als hätte ich ihm die Vollmacht erteilt, für beide zu leben, so nahm ich jetzt, da er nicht mehr war, seinen Geist in den meinen auf und ernannte mich zum Stellvertreter seines noch unvollendeten Geschicks. Von nun an sollte ich, wieder in die Gemeinschaft der Lebenden aufgenommen, die Jahre leben, die ihm zukamen, die Taten vollbringen und die Worte sagen, die seine gewesen wären, schließlich den Tod sterben, der seinem Geschick vorgezeichnet war. Wenn er zuvor mein unrechtmäßiger und mein rechtmäßiger Stellvertreter gewesen war, so würde ich nun sein unrechtmäßiger und rechtmäßiger Stellvertreter werden...

Nichts anderes als das hatte Secondino in seinem Totenbrief vorausgeahnt, dessen Worte ich auswendig weiß und der so lautete:

Corrado, wenn Du diese Zeilen liest, bedeutet dies, daß ich den engen Grenzen des Individuums entronnen bin und entgrenzt durch den Äther schwebe. Erwarte Dir keine irdischen Güter von diesem meinem letzten Willen, denn es ist ja uns Jüngeren, wie Du genau weißt, versagt, welche zu besitzen. Ich hätte Dich freilich anklagen und auf die mir entwendeten Rechte pochen können: Aber welche Rechte denn, wenn ich selbst sie als erster für nichtig halte? Niemals hätte ich mich damit abgefunden, bei Hofe zu leben, unsere Bauern auszusaugen und mich mit einem entweder sinnlosen oder ehrlosen Titel zu schmücken. Dir aber sage ich dies: Entledige Dich aller Dinge und laß Dir ein einziges Erbe genug sein, nämlich mein Werk fortzusetzen.

Ich kann euch kaum sagen, wie sehr diese Zeilen mit meinen eigenen Wünschen übereinstimmten. Der Tod meines Bruders bedeutete für mich, ich habe es euch schon gesagt, Wiederauferstehung und zweite Taufe. Schon arbeitete in meinen Gliedern alles in diesem Sinn: von Natur aus glich ich ihm in Haut- und Haarfarbe, und ich spürte nun auch, wie sich meine Stimme in der Kehle seinen Tonfall aneignete; wie winzige Eigenheiten in seiner Redeweise von Tag zu Tag mehr zu meinen eigenen Gewohnheiten wurden. Ich brauchte nirgends um Aufnahme zu bitten, denn schon schlüpfte ich, mit seinem Gehrock angetan, heimlich in die Versammlungen der *Unaussprechlichen* und der *Erhabenen Vollkommenen Meister**, hier in seinem Namen überredend, dort abratend, von heute auf morgen redegewandt und sprachkundig. Weder die wenigen, die Bescheid wußten, noch die vielen, die nichts wußten, beklagten je diesen Wechsel, ich nahm vollständig den Zustand meiner fehlenden Hälfte an. Es wurde mir so natürlich, daß ich nicht mehr daran dachte, außer wenn ein Gewitter kam...

So wurde ich zum Anstifter zahlloser Komplotte unter den Verbannten aus allen europäischen Nationen; dann war ich seit wenigen Jahren mit euch in der Zispadanischen Republik* und in der apulischen Capitanata*... Immer unter dem Befehl des *Gottvaters*. Wie es Secondino gemacht hätte, wenn er gekonnt hätte. Wie ihr wißt, habe ich, seinem fernen Schatten zu Ehren, den falschen Namen Didimo angenommen, der auf Griechisch doppelt und Zwilling bedeutet: denn er ist es, der mir alles befiehlt, ich weiß nicht, mit welcher Stimme und Inspiration und über welche dunklen Mittler, die, von seiner Finsternis kommend, in unser Licht treten...

Und wenn ich binnen kurzem sterbe, schmerzt mich nur eines: daß mit meinem Kopf auch der seine fällt. Und nur eines tröstet mich: daß durch meinen Tod, was einteilig und getrennt war, wieder vereint wird.«

VIII   Vom Gehen über die Dächer

Das Unwetter hatte sich ausgetobt. Wie von den Hieben eines Riesensäbels in tausend Stücke zerschnitten, ließ die schwarze Wolkendecke hie und da zwischen zwei Fetzen wieder einen Stern erscheinen; und die Luft wurde schwüler und mischte sich mit der saftigen Feuchtigkeit der Erde. Ein letzter Donner war noch zu hören, der aber schon kraftlos, dem Knurren eines satten Untiers ähnlich, auf dem offenen Meer verhallte, wo Wasser und Himmel sich zu einem einzigen Bollwerk der Finsternis zusammenschlossen.

Tiefe Nacht, allerorten und immer noch. Aber welche Stunde es geschlagen hatte, war nicht auszumachen; den zweiten Wachwechsel hatten sie wohl versäumt, er mußte jedoch in der Zwischenzeit stattgefunden haben, wenn er auch im Brausen des Sturmes untergegangen war.

Besorgt fragte der Baron: »Ich werde doch die Zeit nicht überschritten haben?« Aber Agesilao blickte in die Höhe und schloß, offenbar aus einem luftigen Stundenzähler, es müsse gerade ein Uhr nachts gewesen sein. Es war ja auch die Pause, in der die Henkersknechte unten sich ein wenig ausruhen durften, um ihre Lumpen an einem Feuer zu trocknen, damit sie dann ein letztes, endgültiges Mal Hand an das Schafott legen konnten.

Dies bestätigten ihnen bald die neuen Geräusche, die aus dem Hof heraufdrangen: Keine Hammerschläge waren mehr zu hören, sondern etwas Komisches wurde reihum erzählt und von lautem Gelächter und einem ärgerlichen Fensterlädenschlag aus den Wohnungen der Offiziere begleitet.

»Wenn ich an deine Geschichte zurückdenke, Baron, frage ich mich, ob der ritterliche Ehrenkodex die Unterbrechung eines Duells bei strömendem Regen vorsieht«, sagte der Soldat.

»Beinahe belanglos«, war Saglimbenis Meinung, »bei einem Duell wie diesem, wo der eine Kontrahent um jeden Preis töten und der andere um jeden Preis sterben wollte.« Und nun begannen sie alle über Secondino und den Baron und deren geheimnisvolle Wesenseinheit zu debattieren.

»Mir kommt es vor«, sagte der Frater, »wenn ihr mir eine religiöse Glosse gestattet, mir kommt es vor, als machten die beiden Zwillinge, auf diese Weise miteinander verschmolzen, eine *Heilige Ambe* oder eine Heiligste Zweifaltigkeit aus, und wenn man noch den *Gottvater* hinzufügt, so wird's eine liberale Dreifaltigkeit, bei der die Halbwüchsigen in Verzückung geraten, mit Tod und Passion des Sohnes zur Erlösung des Menschengeschlechtes im Regen von Vincennes...«

Die Miene des Barons verfinsterte sich: »Deine Kalauer stören mich«, sagte er, »und bei deinen plötzlichen Kehrtwendungen zwischen Sakrileg und Mitleid komme ich nicht mit.«

»Daß ich mich als Klosterbruder ausgebe«, sagte Frater Cirillo, »geschieht nicht aus Hohn, sondern aus gescheiterter Liebe zur Mönchskutte. Ich bin ein überaus getreuer Anhänger Gottes, obgleich ich insgeheim oft Rechenschaft von ihm verlange über die

Welt und ihre unvollkommenen Gründe. Dennoch kann ich heute nacht, während ich mich anschicke, ihn zu sehen und aus der Nähe mit ihm zu reden, einen bitteren Beigeschmack, einen Mißton, ein Zerwürfnis nicht für mich behalten: es ist, wie wenn man mit dem Finger an einem Glas kratzt oder die Seide eines Schirms unser Haar streift und unsere Nerven ihr Mißbehagen darüber kundtun...«

»Ich verstehe«, sagte der Baron, »ich verstehe auch, daß dir meine Geschichte unglaubwürdig oder vollkommen lachhaft erschienen sein mag. Während das Gegenteil wahr ist.«

»Lachhaft vielleicht schon«, sagte Cirillo, »aber nicht unglaubwürdig. Ich habe nur nicht genau verstanden, wer du selbst in dieser Geschichte warst: Jakob oder Esau...«

Sie sahen plötzlich, wie sich der Student auf einmal niederkniete: »Ihr vergeßt ja alle das einzige, was zählt: die Büchse hier auf dem Tisch, in die wir in Kürze unser Leben oder unseren Tod stecken müssen. Eine teuflische List war es nämlich, diese Kerze in unseren Händen niederbrennen zu lassen. Selbst unsere Reden, von denen ich Hilfe erhoffte, bewirken das Gegenteil. Und erst du, Baron, der mir so gefestigt und sicher erschien! Dich entdecke ich nun als Ersatzfigur, Vertreter eines anderen und beinahe als dessen Gespenst unter uns. Aber halbiert oder ganz, wie du auch sein magst, du bestärkst mich nur in dem Zweifel, ob ich ein Märchen erlebe oder einen Tod wie aus dem Geschichtsbuch sterbe. Anders ausgedrückt«, und hier fing er zu weinen an, »sagt mir doch, was ich tun soll. Findet eine Rechtfertigung für dieses Opfer, oder gebt mich meiner Jugend zurück, dem Gläserklingen unter der Weinlaube, der Musik, den Küssen; laßt mich am Leben!«

»Dein Schrecken«, sagte der Baron, »gleicht dem eines Menschen, der auf einer Dachrinne wandelt und zittert bei der Vorstellung, er könne hinunterfallen. Diese Vorstellung ist nur erschreckend, wenn sie mit der Vorstellung großer Höhe verbunden ist, während sich kein Mensch fürchtet, über ein kaum mannshohes Mäuerchen zu spazieren, obwohl man in beiden Fällen mit derselben Leichtigkeit fallen kann. So siehst du, wie Seeleute, Maurer und Schlafwandler durch die Übung daran gewöhnt oder aus Unwissenheit sicher, ohne weiteres davonkommen, wo ein bewußter Mensch abstürzen würde.« »Aber ich, aber wir«, sagte der Junge, »wir blicken nicht bloß in den Abgrund, sondern wissen genau, daß wir binnen kurzem mit Sicherheit hinabstürzen. Mit dem einen Stachel im Herzen allerdings: daß wir ihm, wenn wir nur wollen, entkommen können.«

Saglimbeni legte ihm die Hände auf die Schultern: »Ssst«, machte er, »die Fäden ziehen wir am Schluß. Was aber dein Bekenntnis angeht, Baron, so hat Narziß recht, wenn er sagt, es hilft uns nicht bei unserer Entscheidung. Nicht allein das: es umgeht die eine schwere Frage, um die wir uns herumgedrückt haben, seit wir im Gefängnis sind, ohne je zu wagen, sie beim Namen zu nennen, sondern sie immer hinter beschwichtigenden Worten versteckten. Ich spreche von den unschuldigen Toten, welche die Explosion der Höllenmaschine verschuldet hat, ohne dem Tyrannen auch nur die geringste Schramme beizubrin-

114

gen; ich spreche auch von den Opfern, welche die nächste Höllenmaschine verschulden wird . . .«

»Oh, hab ich nicht vorhin gesagt, daß das Blut der Märtyrer nicht vergeblich fließt?« sagte der Baron halblaut.

»Der freiwilligen Märtyrer, zugegeben, nicht aber der unfreiwilligen und ahnungslosen.«

»Und ich!« unterbrach ihn Narziß, »ich, der ich weder ein Märtyrer noch ein Denunziant sein will!«

Als Antwort kam Lärm aus dem Hof. Schritte, kurze Wortwechsel, das Einrasten der aufgepflanzten Bajonette.

»Gut, die Pause ist abgelaufen«, sagte Agesilao, die Ohren gespitzt, »und meine Geschichte ist vielleicht die längste.«

Dann, ohne die Zustimmung der anderen abzuwarten: »Meine Geschichte hat den Titel ›Wirrwarr‹.«

IX   Was der Soldat erzählt oder
Wirrwarr

»Ich wurde vor dreißig Jahren auf einem Wirtshaus-
tisch geboren, in einem Postgasthof, so sagte man mir
wenigstens, als ich das Alter der Einsicht erreicht
hatte. Meine Mutter war eine fahrende Komödiantin,
im Verein mit zwei Brüdern und einer jüngeren
Schwester namens Ramira zog sie von Dorf zu Dorf,
und für ein paar schäbige Münzen traten sie vor dem
harmlosesten Volke auf. Sie spielten auf Plätzen, in
Warenlagern und auf Tennen; sie gingen zu Fuß und
zogen an Stangen den Karren mit ihren Habseligkei-
ten hinter sich her; der war über und über beladen
mit häuslich vertrauten und phantastischen Gerätschaften: blecherne Schwerter neben Reisigbesen;
Säcke voll Bohnen auf den Zinnen eines Schlosses aus
Pappe... So zogen sie durchs Land, und wenn der
Ausspruch des Philosophen wahr ist, daß man rei-
send Leben auf Leben häuft, dann hat sich meine
Mutter mit ihren Geschwistern einen ganz schönen
Berg Leben zusammengetragen. Sie trennten sich nie,
außer wenn bisweilen zu Mittag der Brotsack leer
war und die Männer nach Zigeunerart auf den Fel-
dern ein paar Kräuter oder Früchte sammelten. Bis
eines Mittags in der langen Reihe der Mittage, während die zwei Frauen im Schatten des Wagens warteten, der ihnen, seine zwei dürren Arme gen Himmel reckend, ein Dach über dem Kopf bot, ein Soldat
sich auf sie warf und ihnen im Nu den Mund mit
Küssen schloß; naßgeschwitzt, struppig, staub-

bedeckt, hatte er in der heißesten Stunde des Tages sein Pferd an eine Pinie gebunden. So unbefleckt, daß sie darüber erschrocken wäre, war meine Mutter nicht mehr, sie bat aber den Mann mit leiser Stimme, er möge das junge Mädchen verschonen. Da sie dafür nichts erhielt als Schläge und Stiche mit einem kleinen Dolch, schrie sie der anderen »Lauf weg« zu und biß dem Mann ein Ohr ab. Das Schwesterlein nahm Reißaus, sie erlag der Nötigung des eindringenden Feindes, ich kam sieben Monate später zur Welt, zu früh und zweifach unerwartet, denn keiner hatte die fortschreitende Leibesfülle bemerkt, die sich unter den weiten Theatergewändern verbarg.

Es geschah an einem Sonntagabend mitten in einer Aufführung, an der Stelle, wo die Frau in Gestalt irgendeiner Stuart über dem Leichnam eines getöteten Druden ein Gejammer anstimmen mußte. Kaum hatte sie ihre Lippen zu dem falschen Wehklagen der Rolle geöffnet, da setzten die wirklichen Wehen ein, so daß man sie auf den Armen in den nahen *dammuso*, ein Gewölbe, wo Roß- und Rinderhirten ihre Unterkünfte hatten, tragen und sie dort auf einer Bank entbinden mußte. Das waren der Ort und die Zeit meines ersten Auftritts in der Welt, und oft habe ich ihm zwischen Schlaf und Wachen nachgerätselt, seitdem mir – nun sind es schon Jahre her – ein Augenzeuge darüber berichtet hat. Immer, wenn ich seither die Augen schließe, messe ich das hohe, rußgeschwärzte Gewölbe über meinem neugeborenen Kopf und rieche den beißenden Geruch von Stroh und Wein und stelle mir die Frau vor, die mit gespreizten Beinen auf der Matratze liegt, sehe die

Schüssel voll Blut an ihrer Seite, höre den glückwünschenden Beifall der Vorübergehenden. Abseits stehen, in einem Schattenkegel an die Mauer gelehnt, meine zwei Onkel, ungläubig, fahl, sprachlos hassen sie die Handvoll Fleisch, die ich bin. Sie hatten im übrigen nie Gelegenheit, mich wiederzusehen: Am nächsten Tag brach man auf, und beim Findelheim der Caracciolini-Mönche wurde einen Augenblick angehalten, damit meine Mutter dort das Kind aufs Drehbrett der Findlinge legen konnte. Wenige Wochen später endeten meine zwei Onkel mit einem Stein am Hals im Fluß, nachdem sie in einer Schmugglergasse in eine Rauferei geraten waren.

Alle diese Dinge habe ich nachträglich festgestellt, und sie erscheinen mir wie Träume. Ohnehin zweifle ich gewöhnlich daran, daß die Dinge wirklich geschehen und daß ich selbst existiere; und immer noch halte ich mich selbst für ein Traumbild. Wieviel mehr jenes Wirrwarr aus Bewegungen, Gestalten, Gesichtern, Gerüchen, das mit meiner Geburt zu tun hat und dessen Enthüllung mir ein fremdes Gehirn gewährt hat und gewährleistet, während es meinem eigenen Gedächtnis verwehrt ist; jene Erinnerung, die, mit anderen Worten, mein ist und doch wieder nicht, erscheint mir noch flüchtiger als zwei Schatten, die sich an einer Mauer kreuzen, wenn zwei Vorübergehende aneinanderstreifen, während schräge Sonnenstrahlen auf sie fallen. Und manchmal frage ich mich: Existiert das noch, was ich vergessen habe? Und selbst mein Tod morgen, wird der noch existieren, wenn die Augen, die ihn gesehen haben, einmal erloschen sind: die Augen der Truppe, des Gouverneurs und des Henkers?«

»Vergiß die Henkerstochter nicht...«, warf frech der Dichter dazwischen, der andere aber nahm seine Rede wieder auf.

»Ich fahre fort«, sagte er und trocknete sich mit der Handfläche die Stirn, denn plötzlich hatte er übermäßig zu schwitzen angefangen. »Ich wuchs also in einem Priesterseminar auf, und an keinem einzigen Tag dachte ich, mein Geschick könne etwas anderes sein als ein Priesterleben. Das mißfiel mir nicht, im Gegenteil, in meinem Bewußtsein von der Welt gab es nichts anderes als Waisen und Priester. Waisen waren die Gleichaltrigen, mit denen ich lernte und spielte, und Waisen erschienen mir, und vielleicht waren sie es auch wirklich, die erwachsenen Priester, unsere Erzieher. Verwaist, männlich und schwarz war viele Jahre lang das Universum, in dem ich lebte. Das Kloster lag in einem tiefen Tal, von grünen Anhöhen umgeben, und schwarze ernste Männer bewohnten es; das Dorf war nicht weit entfernt, aber niemand von uns durfte hingehen; von der Gestalt der Frauen erfuhr ich durch ein Madonnenbild aus bemaltem Wachs, das vergessen in der Sakristei stand. Häufig ging ich hin, um es anzusehen und mit ihm zu reden... Mit der Zeit bildete ich mir ein, die Frauen seien aus demselben Stoff wie Engel, etwas Leichtes, Federhaftes, das meine Hand in der Luft suchte, als wollte sie eine Wolke streicheln. Aus dem Leben Jesu erfuhr ich bald, daß es Väter und Mütter gab, und Mütter, die noch kein Mann erkannt hatte. Da mußte ich fragen, ob ich auch eine

Mutter gehabt hätte und ob sie auch von jener Art gewesen sei. Das Schweigen, das ich zur Antwort bekam, erschreckte mich, und eine Zeitlang trug ich es mit mir herum wie einen Buckel. Indessen wuchs ich heran, wurde härter und haariger. Eines Tages beim Chorsingen spürte ich, wie mir die Stimme in der Kehle plötzlich heiser wurde, dann unrein heraus kam wie bei einem Großen. Meine Kameraden umringten mich an jenem Morgen, hin und her gerissen zwischen Faszination und Abscheu, glichen sie Lämmern, die das Heulen eines Wolfes vernommen hatten. Laßt mich schweigen von den tristen Gewohnheiten, denen ich kurz darauf frönte. Davon, daß sie mir ganz von selbst kamen und ich sie meinen gefügigen Kameraden beibrachte. Wobei uns alle, waren wir am Werk, ein todbringendes Gefühl der Vernichtung überkam, das uns die Sprache verschlug. Ein oder zwei Jahre lang band uns dieses Geheimnis aneinander, wurde zu einer, wenn auch melancholischen und vom Stachel der Schuld bedrohten, Gloriole. In Wahrheit war alles, was wir damals empfanden, doppeldeutig: es waren sowohl Gewissensbisse und Todessehnsucht wie Ausbrüche übermenschlicher, heroischer Energie; sowohl der Schrecken vor einer Einsamkeit, die man mit niemandem mehr teilen konnte, wie das trunkene Gefühl, daß wir wenigen, jeder für sein Teil, gegen die ganze übrige Menschheit im Kriege lagen. So waren wir mit fünfzehn. Aber bei mir kam noch etwas hinzu: die Anmaßung, von allem, was geschah, so weit entfernt zu sein, als würde ich jeden Morgen einer Parade blutleerer Masken beiwohnen, die, Relikte eines wahrscheinlich künstlichen Lebens, zwischen den Kulissen eines Marionettentheaters an mir vorbeizogen. Ich weiß, daß ich verworrenes Zeug daherrede, habt Mitleid mit mir, denn es gelingt mir nicht besser. Wenn ich freilich sah – und nur dann –, wie aus meinem tiefsten Inneren mein Samen hervorbrach und sich weißlich auf den Boden ergoß, dann fühlte ich, wie mich ein grandioses Ja entzückte und mich für einen Augenblick von meinem Herzeleid heilte, nicht Gott zu sein. Unser gemeinsames Sündigen dauerte nicht lange: ich wurde es leid, als Untertanen diese einfältigen, immer gleichen Puppen zu haben, und schloß mich ein in das Reich meiner Lust wie in ein stolzes Konklave.

Wieder verging Zeit. Nun suchte ich in den Büchern nach den Brautführern, die mir fehlten. Ich erinnere mich noch an eine *Theologia moralis*, in der ich mit meinem frisch gelernten Latein die Seiten *de nuptiis dirimendis* befragte; an ein *Theatrum mundi*, das in jedem Absatz von Hochzeiten zwischen Nymphen und Göttern erzählte, an die beiden Testamente, das Neue und das Alte, mit ihren Magdalenen und Samariterinnen und jenem Gesang Sulamiths, dessen Strophen mir noch im Kopf geblieben sind: ›Dein Haar ist wie eine Herde Ziegen, die herabsteigen vom Gebirge Gilead... Deine Lippen sind wie eine scharlachfarbene Schnur, und dein Mund ist lieblich. Deine Schläfen sind hinter deinem Schleier wie eine Scheibe vom Granatapfel... Deine beiden Brüste sind wie junge Zwillinge von Gazellen, die unter den Lilien weiden...‹

Ich magerte ab, bekam tiefe Ringe unter den Augen

und ein verstörtes, gieriges Flackern im Blick. Da kam eines Tages Pater Carafa, ein Mann von falschem, stets freundlichem Gebaren, der sich auf leisen, weichen Pantoffeln von hinten anzuschleichen und uns böse zu kneifen pflegte; er suchte mich auf Geheiß des Abtes Arrabito, der seit einem Schlaganfall schon geraume Zeit in einem Sessel sitzend sein Zimmer hüten mußte. ›Er will dich sehen‹, sagte Carafa, ›warum, weiß ich nicht, aber er hat mit Gesten und den spärlichen Worten mehrmals um eine Zusammenkunft mit dir gebeten.‹ Unerwartet salbungsvoll senkte er seinen Kopf: ›Sei bescheiden und gehorche ihm, was immer er von dir verlangen mag. Pater Arrabito war schon früher heiligmäßig, aber jetzt hat ihn seine Krankheit noch heiliger gemacht.‹ Ich folgte ihm schweigend, aber schon in dumpfem Aufruhr, ich mochte keinen von beiden, insbesondere und ungerechterweise nicht den Alten, seitdem er sich mit seinem schiefen Mund jeden Morgen zur Kommunion tragen ließ, wobei ihn zwei Kräftige von uns, einer von ihnen war sehr häufig ich, an den Hüften stützen mußten; dabei hatte ich mitanzusehen, wie er zwischen seinen schlaffen, zahnlosen Kiefern einem Zuckerbonbon gleich die sublime Gegenwart der Hostie mit seinem Geifer besabberte.

Trotzdem gehorchte ich und wartete, als ich vor dem Sitzenden stand und Carafa durch einen Wink entlassen worden war, gesenkten und zugleich frechen Ohres darauf, daß er zu sprechen anfinge. Sein Geist war unversehrt geblieben, obschon er gewöhnlich nur stockend sprach wegen der Lähmung der einen Gesichtshälfte. Diesmal drückte er sich merkwürdiger-

weise mit hinreichender Deutlichkeit aus: ›Agesilao‹,
sagte er zu mir, ›du hast wenige Freunde unter den
Klosterbrüdern und wirst noch weniger haben, wenn
ich einmal nicht mehr bin. Und jetzt, da du, rasch
herangewachsen, schon den Chor der Knaben störst
und die Unschuld der anderen trübst, erinnern sich
viele daran, auf welch merkwürdige Weise du zu uns
gekommen bist. Und es fehlen auch diejenigen nicht,
die in der neuen Stimme, die rauh aus deiner Kehle
fährt, statt der erwachsenen Musik deines vorge-
schrittenen Alters ein rauhes Bauchreden Luzifers
vernehmen. Diesen Preis mußt du bezahlen als der
Sohn einer Zigeunerin, hervorgegangen aus einer ba-
stardischen Begattung. Der Augenblick ist gekommen, dich darüber aufzuklären, bevor jemand anderes die Dinge verzerrt oder vertuscht.‹ Und dann
erzählte er von meiner Geburt und von den Gerüch-
ten, die darüber vom Dorf ins Kloster gelangt waren,
dann schwieg er. Als er aufs neue anfing, befahl er,
indem er auf ein kleines Schränkchen zeigte: ›Mach
die Schublade dort auf. Du wirst in ein Tuch gewik-
kelt die Siebensachen finden, mit denen wir dich vor
fünfzehn Jahren gefunden haben: ein Medaillon, eine
Kette aus falschen Smaragden, einen kleinen Dolch
mit einem Knauf aus Lapislazuli, mit einem aufge-
spießten Zettel, auf dem dein Name geschrieben
stand...‹
All das sagte er, wie ich schon erwähnte, ohne stek-
kenzubleiben, aber kaum hatte ich angefangen, mich
darüber zu wundern, da stockte er auf einmal, ver-
haspelte sich und zischelte und verstummte schließlich ganz.

Als ich dann wieder auf dem Gang war, stand lauernd schon Pater Carafa da und begann mir schönzutun: ›Was wollte er denn, sag doch!‹ Ich riß mich von ihm los und rannte in meine kleine Zelle, wo ich, nachdem ich die ungleichen Erbstücke aus ihrer Hülle gewickelt, reichlich Stoff zum Nachdenken bekam. Angefangen bei der Kette, einem wertlosen Bühnenrequisit, das mit falschem Reichtum prunkte, während der Dolch, obschon ihm die Edelsteine eine gewisse Anmut verliehen, von der mörderischen Art erschien, falls die kleinen bräunlichen Fleckchen an seiner Spitze wirklich Blut waren und nicht Rost. Kette und Dolch deuteten jedoch nur auf eines hin: daß sie nämlich – eines als Halsschmuck, das andere als Waffe – den beiden gehört hatten, die mich als mysteriöse Maria und Josef, ich weiß nicht wie, zur Welt gebracht hatten. Von den übrigen Gegenständen erfuhr ich mehr: das Medaillon zeigte ein Gesicht mit unsagbar traurigen blauen Augen, durch die unter dem Glas ein paar blöndliche Haare gingen; was den Zettel betrifft: ich hatte ihn kaum vom Dolch gelöst, als ich eine beinahe verblaßte Widmung entzifferte: *Dem Sohn Agesilao*, und darunter zwei Verse, die hochtrabend folgendes vortrugen, der erste: *Suche den Herrn und du wirst deinen Vater finden*; noch gebieterischer der zweite: *Den stecke in sein Herz wie in eine Scheide!* ...

Während ich das las, ging ein Aufruhr durch alle meine Glieder. Ich konnte nicht begreifen, was den Abt zu dieser plötzlichen Enthüllung getrieben haben mochte. Bis zu jener Stunde hatte ich, wie übrigens alle Novizen, über meine Geburt nichts gehört als spärliches Getuschel: sie sei unsagbar unrein; ich sei, ebenso wie alle anderen, ein Findelkind, ein Verstümmelter, dem beide Beine fehlten: die beiden Mächte, die väterliche und die mütterliche, die jedem Kind auf Erden zustehen; aber in dieser unmenschlichen Lage gab es ein Heilmittel, und das waren sie, die Caracciolini-Patres: eine Hundertschaft von Vätern anstelle eines einzigen Vaters. Die KIRCHE nahm mich ihrerseits an ihren warmen Busen, um mich dort zu stillen, damit ich in meiner Waisenverlassenheit gesättigt würde. So war ich aufgewachsen, ein Licht und ein Dunkel in meinem Denken tragend: vom Niemandskind zum Kind Gottes aufgerückt und dazu bestimmt, IHM zu dienen.

Nun aber wurde mir gewissermaßen meine neue Familie amputiert, ohne daß mir die ursprüngliche zurückgegeben wurde, nur einige unheimliche Kostproben bekam ich von ihr: das Bildnis mit den blauen Augen, die Haarlocke, die ein Glas von meinen Fingern trennte, das spitzige Stilett, die Aufforderung zum Töten . . . Ich legte meine Erbschaft in ihre Hülle zurück und versteckte sie unter dem Kopfkissen.

Als ich aus meiner Zelle trat, stand schon wieder schmeichlerisch und neugierig Pater Carafa vor mir. ›Der gehört ausgedrückt‹, sagte er und betatschte mit weichlich süßlicher Hand einen Mitesser auf meinem Kinn. Dann hartnäckig: ›Was hat denn der Abt gesagt? Was wollte er denn?‹

›Das darf ich nicht weitersagen‹, erwiderte ich trokken. ›So verlangt es der Heilige Gehorsam.‹ Damit entwischte ich seinen Armen.

Wenige Tage später starb Pater Arrabito, und die

schützende Hand, die er trotz seiner Gebrechlichkeit
und seiner beinahe vollständigen Stummheit über
mich gehalten hatte, verdorrte, und ich blieb allein
zurück. Sei es, daß einer meiner Kameraden mich
bezichtigt oder daß mein Beichtvater oder der eines
anderen seine Schweigepflicht verletzt hatte oder daß
man an einem Stück Leibwäsche oder auf dem Grund
eines Pissoirs eine Spur entdeckt hatte . . ., ich wurde
auf jeden Fall, wiewohl mit zweideutigen und ver-
schwommenen Reden, der Unkeuschheit bezichtigt
und des Ärgernisses, meine Kameraden dazu verführt zu haben. Darauf folgte das Gebot, mich zweimal täglich mit eiskaltem Wasser zu übergießen; die
Aborttür mußte ich immer angelehnt und meine
Zellentür sperrangelweit offen lassen. Hier machte
mir Don Carafa, manchmal bei Tag, aber eigentlich
eher bei Nacht überraschende Besuche, wobei er mir
mit raschen Fingern die Bettdecke wegzog. Bis ich
mich eines Abends hartnäckig schlafend stellte und
merkte, wie jemand die Kerze ausblies und ein Schritt
am Fußende meiner Bettstatt innehielt und sich dann
fettes, weiches Fleisch an meine Seite schob.
›Hilfe, ein Mörder!‹ schrie ich laut und schlug um
mich, während ein weißes Hemd davonhuschte.
Meinen zu Hilfe geeilten Kameraden konnte ich
ohne weiteres einreden, ich hätte im Traum ge-
schrien.
Aber ich fühlte mich nunmehr zwischen den
Klostermauern wie eingesperrt. Bisweilen beobachtete ich vom Fenster aus die Vogelzüge und die Wolken, die auf den Horizont zueilten, und dabei juckten
mich meine nackten Zehen in den Sandalen. Der Bart

war mir gesprossen, und nur ungern hatte ich der Regel gehorcht, ihn zu rasieren. Um so mehr, als das Rasiermesser die Pickel verschlimmerte, die über mein Gesicht herfielen. Ich preßte eine Flüssigkeit heraus, eine fahle, schleimige Masse, die mich an eine ähnliche, meinen ausgeflossenen Samen, erinnerte. Es war, als grassierte im Grab meines Leibes eine Seuche und als müßte ich zu seiner Säuberung beitragen. Bis eines Tages – und nun komme ich zum feierlichsten Geschehnis in meinem Leben, von dem sich alles andere und auch dieser mein Tod herleitet –, als ich, einem »pensum« nachkommend, damit beschäftigt war, die Schriftstücke des verstorbenen Arrabito zu ordnen, aus einem Band ein Zettel herausfiel. Darauf hatte sich der Besitzer vor langer Zeit zusammengefaßt die neunundsiebzig Fehler von Michel de Bay notiert; der Name war mir neu, aber bald erfuhr ich, er war vor Jahrhunderten Doktor in Löwen und der wichtigste Anreger des Jansenius gewesen. Ich war wie geblendet vom Sinn dieser wenigen verblichenen Tintenstriche – die Schriftzeichen waren so unsicher, daß der Schreiber ein Kind gewesen sein mußte (wer anderes – wenn nicht Arrabito selbst als Knabe?). Denn in jedem Satz fand ich, ohne den Schleier eines Sinnbildes, meine am strengsten gehüteten geheimen Gedanken wieder, und in meinem Herzen erwuchs mir darob ein stolzes Entsetzen: genau wie wenn einer im Spiegel auf seiner Brust einen Flecken entdeckt und nicht weiß, ist es ein Leberfleck, ein Aussatz oder das Mal einer königlichen Lilie.

Der Häretiker predigte also von einem Adam, der in

Frieden und Glück, einem großen Lichtkörper ähnlich, von Natur aus ein Freund und Gelehrter Gottes war. Bis zum Augenblick der Spaltung, des Falles. Als das Menschengeschlecht, von unwiderstehlichem Verlangen getrieben, nichts anderes mehr zustande brachte als Sünde; nichts anderes mehr kannte als Sünde; keine andere Entscheidung mehr treffen konnte als eine sündige. Zu Recht bestraft für ein Vergehen, das es selbst gegen seinen eigenen Willen gezwungen war zu begehen...

Was weiter? Wer war jener Adam, wenn nicht ich? Ich, der notgedrungene und unrettbare Sünder, aus allen Gärten verwiesen, zum Verderben bestimmt, auch wenn ich ein Gefangener dieser Mauern bliebe...

Nun weiß ich nicht, wer von euch gläubig ist und wer nicht. Bei den vielen weltlichen Umständen und Belangen haben wir nie die Zeit gehabt, die höchsten letzten Themen zu berühren. Vielleicht könnte mich einzig Frater Cirillo verstehen, denn es fehlt ihm ja ein wenig religiöse Praxis und religiöse Leidenschaft nicht, ich zweifle aber doch daran, daß er in dieser Hinsicht mehr Verständnis hat als ihr. Die Wahrheit ist, daß ich mit unerschütterlichem Sinn und Kadaverblindheit glaube, daß ich aber meine Rettung Gott überlasse und niemals meinen Werken, die verhängnisvoll böse sind. In meiner Vorstellung ergießt sich das Böse, das ich tue, um mich wie gewichtloser Äther, fällt mir in unsichtbaren Tropfen auf die Haut, vermehrt sich im Schmutz unter meinen Nägeln, im Nasenrotz, sogar im blauen Wasser der Pupillen. Das Böse ist überall, sage ich, *omnia immunda immundis*, aber in mir vor allen feiert es seine Triumphe. Davon überzeugte mich de Bay, und ich glaubte ihm um so mehr, als ich sah, daß seine Worte Gedanken in mir wachsen ließen, deren Substanz oder Schattenhaftigkeit sich erst erweisen würde, wenn ich mich unter die Menschen mischte und sie ausprobierte...

Ich mußte also weg von hier. Meine Überlegung dauerte nicht länger als eine Minute. Bekanntlich erfordert das Drum und Dran einer Flucht aus dem Kerker minutiösere Vorbereitungen als eine Hochzeitszeremonie. Aber ich warf mich, ganz im Gegenteil, in das Unterfangen, wie man sich von einer Brücke stürzt. Ein kleines Bündel auf dem Rücken, den Dolch in der Tasche, die anderen mütterlichen Talismane zwischen Haar und Mütze versteckt, kletterte ich eines Mitternachts über den Zaun und ging auf gut Glück ins Tal hinaus.

Es war eine helle Nacht im August. Ich schritt kräftig aus und folgte der einzigen Straße, auf der ich jeden Morgen die Lieferanten kommen sah und die mich somit, wie ein unfehlbarer Pfeil, ins Dorf führen würde. Da die Straßendecke aus fester Erde war, zog ich meine Sandalen aus und ging, oder lief beinahe, barfuß weiter. Ohne jegliche Furcht, man könnte mir nachsetzen, sondern nur mit der jubelnden Gewißheit, frei und lebendig zu sein. Jetzt weiß ich, daß jeder Schritt jener Flucht mich dem gegenwärtigen tödlichen Epilog näherbrachte, aber ich habe nichts zu bereuen. Die Jahre, die ich seitdem gelebt habe, sind, wenn ihrer auch nicht viele sind, wohl die Jahrzehnte wert, die ich psalmodierend im Kloster verbracht hätte...

Wohl zwei oder vielleicht auch drei Stunden später erreichte ich die ersten Häuser, keine Menschenseele war unterwegs, und sofort fing ich an zu träumen. Ich setzte mich auf die erste Schwelle, die ich erblickte, vor eine ärmliche Tür, streckte meine Beine auf den kühlen Pflastersteinen aus und sah durch meine halbgeschlossenen Lider Trugbilder. Es war nicht das erstemal, daß sich nach einer Anstrengung oder einem Schwindelanfall und mit Hilfe des Mondes mein Sehen in Gesichte verwandelte. So daß es mich nicht beängstigte, ja nicht einmal erstaunte, welche Wunderdinge sich da vor meinem Blick entfalteten. Ich war vielmehr versucht, bei jedem vorbeiziehenden Bild in die Hände zu klatschen: Engel mit Krummsäbeln gingen schwankend an den Dachrändern entlang; in einer Prozession traten mir alte Männer mit Nebelgesichtern entgegen, mit Gesichtern, die nicht vor Freude strahlten, sondern schadenfroh grinsten; und über dem Meer breitete sich, vor Nässe triefend und ausgefranst, strahlenförmig eine Haarmähne aus, die in ihren Verästelungen einem Blitz glich oder dem Licht einer Lampe, das durch einen sanft bewegten Vorhang hindurch an eine Wand geworfen wird.

Ein Gezischel riß mich aus meinen Träumen, es kam hinter der Tür hervor, an die ich meinen Kopf gelehnt hatte. Jemand, eine Frauenstimme, stieß Verwünschungen aus und erhoffte sich davon, nach den Worten zu schließen, die ich durch das Holz hindurch mehr oder weniger deutlich vernahm, sie möchten von ihrer Lagerstätte, wenn nicht den Tod, so doch wenigstens Schaben und Mücken verscheuchen.

Ich stand auf und klopfte mit der Faust. Hinter der Tür wurde es still, und das Schweigen ließ Zweifel, Angst und Neugierde ahnen. Eine Minute verging, bis ein ›Wer da?‹ erklang; fünf Minuten, ehe sich das Gesicht einer zerrauften Teufelin aus einer Öffnung in der Tür herausbeugte, um mich zu mustern und sich zu überzeugen, ob ich wirklich, wie ich behauptete, ein durstiger Junge sei, der nur ein Glas Wasser nötig habe.

Die Musterung mußte zu meinen Gunsten ausgefallen sein, denn die Haustür öffnete sich, ein gieriger Arm griff rasch nach mir und zerrte mich ins Dunkel. Die mannshohe Türöffnung ließ das Mondlicht ein, und schon nach kurzem hatte ich mich so daran gewöhnt, daß ich es ausnützen konnte. In dem einzigen Raum, aus dem die Behausung bestand, erkannte ich einige dürftige Gerätschaften: einen Krug, eine Schnur, die von Wand zu Wand gespannt war und auf der ein paar Lumpen hingen; schließlich auf dem Steinboden ein Roßhaarsack, auf dem, feingliedrig und mit feinem Gesicht, aber mit riesigen Titten eine nackte Alte lag.

Eine Fortsetzung meiner vorherigen Phantasiebilder, dachte ich zunächst zweifelnd, dann aber fragte ich mich, woher ich denn das Vorbild hätte nehmen sollen, da ich bis zu diesem Augenblick nur Bilder, aber noch nie eine Frau aus Fleisch und Blut gesehen hatte. Aber schon war ich gemustert und beurteilt; an meiner Kutte, an meiner blassen Haut, am Wachs- und Weihrauchgeruch erkannte sie mich sofort als Kleriker: ›Du bist ausgerissen‹, schloß sie lachend und machte die Türöffnung zu, ich sah nichts mehr, spürte nur, wie ihre Hände zitternd an mir herumtappten, mich nackt suchten und fanden. Ich hörte ohne Gewissensbisse, wie aus meinen weggeschleuderten Kleidern mein ganzer Schatz, der Tand aus falschem Gold und Eisen, herausfiel und leise klingelnd über den Boden rollte: ›Oh mein Leben‹, sagte sie, ›mein liebes kleines Leben, wer schickt dich denn zu mir heute nacht?‹ Und schloß mir mit einer langen Zunge die Lippen auf, wies mir den Weg in ihren Körper, indem sie mich in ihre glühend heiße Höhle hineinsaugte, mitten durch eine Sturmwolke aus Belustigung und Abscheu.

Als sie nachher neben mir lag, schlug sie sich, kaum daß sie meinen Namen hörte, mit der Hand an die Stirn. ›Ich war dabei, als du zur Welt gekommen bist‹, brüstete sie sich. ›Ich war damals Küchenmädchen in der Wirtschaft von Mastr'Antonio, ich hab deine Mutter bei den Zöpfen gepackt, damit sie still liegen blieb auf dem Bett, und dich hab ich aus ihrem Bauch geholt!‹ Dann erzählte sie mir die Geschichte von der unterbrochenen Theateraufführung, der Entbindung, dem jähen Aufbruch am nächsten Tag und davon, daß ich in einem Körbchen ausgesetzt worden war, mit der Empfehlung, mich auf den Namen Agesilao zu taufen.

Sonst sagte sie nichts mehr, fiel unvermittelt in einen bleiernen Schlaf, rollte sich in ihre Falten ein wie ein Stück Stoff. Sie schlief immer noch, als ich mich, zum Weggehen entschlossen, erhob. Ich hatte umhertastend mein Gepäck zusammengesucht und war schon dabei, sachte zu entfliehen, da mußte ich doch noch einmal einen Blick auf sie werfen. Ich gestehe, daß ich umkehrte, um kniend mit der Unterstützung des Mondlichts, das durch die angelehnte Tür hereinfiel, unersättlichen Auges wie ein Anatom, der eine Wunde untersucht, durch den Wald des Schamhügels den fürchterlichen Krater zu belauern.

Damit war ich aufgenommen in das Spiel des Lebens. Es war das Jahr des Krieges in der Herzegowina – ihr werdet euch erinnern –, und überall wurden Freiwillige angeworben. Als ich in die Stadt kam, waren meine Füße von der Hitze und den Strapazen des Weges zerschunden und ich vor Schlaf und Hunger abgezehrt, so konnte ich es kaum fassen, als ich nach einer Weile, nur indem ich mir ein paar Jahre hinzuschwindelte, bewaffnet, genährt und bekleidet dastand. Und nun muß ich ein wenig innehalten, um euch – und auch mir selbst – zu erklären, in welcher Verfassung ich mich damals befand.

Also: Aufgewachsen im Glauben an eine ewige MACHT und einen ewigen GEIST, aber von Anfang an ausgeschlossen aus der Gemeinschaft der Menschen, hatte ich in mir immer eine Leere, so etwas wie einen bodenlosen Hohlraum gespürt, den ich auszufüllen hatte mit Verfehlungen, Ungehorsam und Rache. Gegen wen, wußte ich nicht; von der Natur mit hitzigen Sinnen ausgestattet und zu dem Glauben neigend, jede Lust sei ein Vergehen, aber kein Vergehen eine Schuld, hatte ich mich heftigen Anfällen der Wollust gern ergeben, wobei ich darin eher eine Herausforderung suchte als ein Pfand für eine Strafe. Allzubald mußte ich jedoch bemerken, daß sich beide, die Strafe wie die Herausforderung, in mir selbst verzehrten, ohne auf etwas zu zielen. Da versuchte ich es mit weniger abstrakten Zielscheiben: aber der Name, den ich abends leise betend und fluchend, den Mund in das Kopfkissen gepreßt, aussprach, und die Fliegen, die ich als Gefangene in einem umgestürzten Glas sterben ließ, reichten zu diesem Zweck nicht aus, und ich fühlte mich nur als ein halber Sünder.

Hier traten an der richtigen Stelle die zwei vorher genannten Entdeckungen auf den Plan: Am Ursprung meiner Herkunft stand ein Verantwortlicher ohne Gesicht und ohne Namen, der Strafe verdiente; und: Es gab keine Sünde, die nicht unvermeidlich und somit schon im vornherein vergeben war. Merkwürdig war dieser Widerspruch: Die Gnadengarantie, die ich mir selbst gewährte, in gleicher Weise auch meinem Vater, wer immer er sein mochte, zuzugestehen hütete ich mich wohl; im Gegenteil, in meinem Geist mischte sich eine geradezu zimperliche Empfindlichkeit gegen seine vergangene Gewalttat mit der toleranten Nachsicht für meine zukünftige Gewalttat. Für die ich im übrigen weitaus höhere Entschuldigungen suchte als die Achtung eines mütterlichen Gebots. Die Mutter hatte ich ja nie gesehen, und wer weiß, ob sie noch am Leben war, und an ihren Schoß band mich keine Nabelschnur, sondern nur dies winzige Medaillon. Weitaus mehr drängte es mich, meiner irdischen Wanderschaft das Ansehen einer bisher fehlenden tragischen Absicht zu geben, wie es der Vatermord ohne weiteres sein konnte...

In dieser Verfassung betrachtete ich jeden Morgen

das Gesicht auf dem Medaillon, wiederholte mit leiser Stimme die beiden mahnenden Verse und streichelte in meiner Tasche den Knauf des Dolchs. Ich würde ihn schon töten, meinen Vater. Und zu keinem anderen Zweck war ich Soldat geworden, als um mich im Töten zu üben; und weil ich glaubte, dem Wild besser auf die Spur zu kommen, wenn ich in den Quartieren seiner Waffengattung herumstrich.

Von Pater Arrabito wußte ich, daß man mich im März ausgesetzt hatte; aus dem Geraune der Alten, daß die Vergewaltigung zur Zeit der Weinlese im Nachbardistrikt geschehen war, als ein Trupp Husaren dort umherritt. Obwohl schon viele Jahre verstrichen waren, war ich, bald diesem, bald jenem Veteranen die passenden Fragen stellend, zu der anmaßenden Vorstellung gelangt, der Gesuchte müsse, nun schon um die fünfzig, zu den höchsten Offizieren des zweiten Regiments gehören: Es war dasjenige, so hieß es, das sich bei Saloniki besonders ausgezeichnet hatte.

An dieser Stelle nun packte mich das liberale Fieber, das unter den Soldaten schon verbreitet war, und lenkte mich ein wenig von meinem Vorhaben ab. Bis dahin hatte ich, obschon störrisch und gegen jede Art von Schikane aufbegehrend, niemals an das gemeinsame Geschick der Menschen gedacht, sondern ausschließlich an meines; auch nicht an andere Tyrannen als die, gegen die sich mein Groll unmittelbar richtete: an den Prior und an den Feldwebel. Nun erst erfuhr ich, daß die Welt unter widerwärtigeren Tyrannen zu leiden hatte und daß diese, wenn auch nicht in meiner unmittelbaren Nähe, doch keine unsichtbaren Götter, sondern Menschen aus Fleisch und Blut waren, imstande zu bluten, wenn man ihnen eine Eisenspitze in den Hals stieß. Verführerisch fand ich die Vorstellung, an ihnen meinen Mut zu kühlen, mit Taten, deren Ruhm meine Gefallsucht schon im voraus genoß. So schloß ich mich dem Geheimbund der Carbonari* an, fest entschlossen, sobald ich konnte, auf eigene Faust zu handeln und nach meinem Vater auch noch den König umzubringen.

Ihr mögt entscheiden, Freunde, ob ich mich schämen muß oder nicht, daß ich aus hochmütigem Starrsinn zum Verschwörer wurde, was mir jetzt, da ich davon berichte, als nichts anderes erscheint denn Aufstoßen von Laster und Unglück. Allerdings widmete ich den neuen Ideen meinen ganzen Eifer und bemühte mich, alles über Munition und Sprengstoff zu lernen, mit der verlockenden Aussicht, Kenntnisse auf solchem Gebiet würden mir eines Tages auf irgendeine Weise nützen.

Jahre vergingen. Kaum war der eine Krieg zu Ende, da begann schon der andere: der Krieg um das Quadrilatero*. Die wenigen Überlebenden des zweiten Kavallerieregiments zerstreuten sich in andere Heeresabteilungen, und es war mir nicht mehr möglich, die Suche nach meinem Vater fortzusetzen. Der Ersatz wurden meine neuen Feinde, gegen die ich mit Leidenschaft und mit den drei landläufigen Bannern Republik, Volk und Freiheit zu Felde zog.

In jener Zeit lernte ich dich kennen, Baron, und sicherlich wirst du dich an den Abend in einer Katakombe am Hafen erinnern, wo draußen die Fackeln zum Fest des heiligen Schutzpatrons brannten, während wir uns – im Untergrund –, in große Radmäntel gehüllt, der Zukunft annahmen. Der *Gottvater* kam höchstpersönlich, vermummt, sprach kaum etwas, nur ein paar Worte, dir ins Ohr. So viel lag ihm daran, das Incognito seiner Stimme zu wahren, die, wie mir später erst klar wurde, sein untrüglichstes Kennzeichen ist. Es folgten noch andere, ähnliche Abende, aber mir ist mehr als alle anderen der erste im Sinn geblieben, weil ich am folgenden Tag, als ich vor der Kaserne Wache stand, einen unbekannten Reiter mit den Anzeichen eines Obersten absitzen und mir mit einem Wink die Zügel seines Tieres überlassen sah.

Er war staubbedeckt, vom Scheitel bis zu den Fußspitzen, und es war nicht leicht, unter der Schmutzhülle eine Miene zu erkennen; als er jedoch einen Augenblick, ehe er wegging, sein Gesicht seitwärts wandte, bemerkte ich, nicht ohne das Aufwallen eines düsteren Triumphes, daß sein rechtes Ohrläppchen verstümmelt war.

Das leichte Schwindelgefühl, das meinen Blick schwanken ließ, bestätigte mir vollends, daß ich am Ziel war, mich vor der Höhle meiner Beute befand. Ich spürte, wie mir das Blut dröhnend durchs Herz strömte; so mag ein Fluß singen, wenn er spürt, daß seine Wasser sich der Mündung nähern. Da stand er, mir blutsverwandt und ahnungslos, dies die Seite, aus der ich als Samen entsprang, dies sein grausamer Mund, dem meinen so ähnlich, dies das Mal, das die Zähne eines angegriffenen kleinen Raubtiers in seinem Fleisch hinterlassen hatten ... In meinem Mund stieg ein Haß auf, so ausschließlich und so vollkommen, daß er einer Liebe glich. Aber sofort wurde ich wieder vernünftig und kühl, ein Soldat, der am Vorabend der Schlacht mit Öl und Schmierdocht sein Gewehr putzt.

Bald erfuhr ich, daß er gekommen war, um sich Söldner auszusuchen, die er dann zur Auffrischung des Heeres nach Norden mitnehmen wollte. Ohne Zaudern meldete ich mich, und es war ein leichtes, mich an der Front zu seinem Burschen und zum Fähnrich befördern zu lassen. Die Bestätigung der alten, gesuchten Wahrheit, sollte sie mir je nötig gewesen sein, förderte ich nun allmählich ans Tageslicht. Bis ich ihn eines Tages überraschte, als er beim Ankleiden auf dem Bettrand saß: den von der Gicht geschwollenen Fuß plump in einem Stiefel steckend, die Hose noch nicht zugeknöpft, schwarz, hängend, schlaff, sichtbar die Wurzel meiner Qualen.

Ich schwamm in Entzücken, während ich ihn, den lapislazulibesetzten Dolch vorzeigend, fragte, ob er ihn je in seinem Leben gesehen habe ... Als ich festgenommen wurde, saß ich noch immer neben der Leiche, besudelt wie ein Schlächter.

Dies geschah vor zehn Jahren. Meine Flucht, deren Ausgang bekannt ist, werde ich euch nicht erzählen. Und wie ich dann die Küsten entlangstreifte, auf Schiffen und in Werften arbeitete, überall Feuerstellen patriotischen Aufruhrs nährte: In Marseille, in Korfu, anläßlich der Hinrichtung von Ricci ... Bei alledem zu den schlimmsten Unbesonnenheiten leichtfertig bereit; dem Tod die Stirn bietend, wenn es völlig überflüssig war: wegen der belanglosen Unschicklichkeit eines Wortes, um die Gunst einer Frau, die ich verachtete...

Was noch? Der Baron brachte mich ab von meinen einzelgängerischen Taten. Für immer ins Vaterland zurückgekehrt, war ich mit euch zusammen und werde es auch bei dieser letzten Gelegenheit sein. Aber ohne am Ende begriffen zu haben, ob ich im Wirrwarr meines Lebens der Lenker war oder der Gelenkte und ob in mir nicht, als Märtyrer verkleidet, ein liederlicher, fanatischer Barbar haust...«

X   Der gewissenhafte Henker

Hier verstummte Agesilao mit einem Schlag, als hätte das Ticken einer Uhr die Zeiten seiner Rede genau geregelt, und im selben Augenblick hörte man im Hof die gewohnten Geräusche, die eine erneute Wachablösung andeuteten.

»Es ist drei«, sagte leise der Soldat, als sich am Guckloch der Zelle das finstere Gesicht eines Aufsehers, der gekommen war, um sie zu bespitzeln, über die Düsternis in der Zelle wunderte.

»Es ist uns lieber so, wir brauchen nichts zu sehen«, kam ihm der Baron zuvor. »Wir beten«, log er und bewog den anderen, sich wieder zurückzuziehen. Dann sagte er zu Agesilao: »Der Offizier, den du umgebracht hast, war also dein Vater, oder du nahmst es jedenfalls an! Deine grauenvolle Tat wurzelte also nicht in einem öffentlichen Zorn, wie viele von uns bis jetzt glaubten, sondern taugte nur dazu, einer privaten Obsession beizukommen...«

»Eine Tat«, bemerkte der Soldat, »hat oft zwei oder drei Gründe, die einander nicht ausschließen.«

»Mag schon sein«, erwiderte der Baron, »aber deine Geschichte hat auf unsere Frage keine Antwort gegeben oder zu viele. Warst du glücklich, als du aus dem Seminar ausgebrochen bist? Oder als du in deinem Vater dich selbst kastriert und massakriert hast? Oder als du das verhängnisvolle Laster der Freiheit entdeckt hast? Oder in keinem dieser Fälle? Und deine wütende Sucht, dich selbst zu hassen, die finde ich, vergib mir, schlechthin niederträchtig und grausam... Und dein starrsinniger Liebeskrieg mit Gott... Ich kann dein Leben nicht billigen, Soldat. Schlimmer noch, ich kann es nicht verstehen.«

»Ich«, sagte der Junge, »ich wage zu glauben, daß du in Wirklichkeit besser bist, als du in deiner Erzählung erscheinst. Daß du hinter deinen Klostermauern zwar wild, aber doch edelmütig aufgewachsen bist. Ich möchte wetten: als du das Opfer gefunden hattest, war dein Jubel nicht so groß wie dein Verdruß, denn beinahe hattest du deine Verpflichtung schon vergessen, und gern hättest du dich vielleicht davon entbunden. Wenn du nämlich dann...«

Da verlor er den Faden, errötete, sagte nichts mehr, wandte sich hilfesuchend dem Dichter zu, der ihm in einer freundlichen Aufwallung noch einmal übers Haar strich: »Was ist mit deinen Locken geschehen, mein Phaidon«, deklamierte er, und keiner verstand, ob er gerührt war oder scherzte.

Dann sagte er mit natürlicherer Stimme: »Ich habe eine andere Erklärung. Du, Agesilao, wurdest nicht in Eintracht gezeugt, sondern mit Gewalt. Der Samen, der dir das Leben eingab, übertrug dir durch diese Tat sein eigenes grausames Wesen. Dein Vater hat, so meine ich, in dir sich selbst nachgeäfft und ist daran zugrunde gegangen. Nicht du hast einen Vatermord begangen, sondern dein Vater hat sich mit deinen Händen selbst getötet!«

»Nein«, fuhr Cirillo empört hoch. Er schien wieder zu Kräften gekommen, der Alte. Scharf und flink die Augen und falsch die Stimme; ein Komödienkalif mit einem Lumpenturban. Daß es ihm gelungen war, dem Baron einen Teil seines Einflusses zu rauben, lag

141

auf der Hand. Allmählich entpuppte er sich als ein ganz anderer als der Straßenräuber, den sich die Öffentlichkeit vorstellte. Auf jeden Fall hörte er nicht auf, wenn auch auf lästige Weise, immer wieder ihre Neugierde zu erwecken, hatte sie sogar irgendwie unter seiner Fuchtel.

»Nein!« sagte er noch einmal. »Diesen Menschen spreche ich frei. Sein Lebenslauf erscheint mir ohne Tadel. Unfreiwillig auf der Welt, von einem gewalttätigen Unterleib zwangsweise gezeugt, hat er die schändliche Willkür der Geburt doppelt erlitten: zuerst, weil Gott ihn nicht um seine Zustimmung gefragt hat, wie ja auch sonst niemanden, und dann, weil sein Vater seine Mutter nicht gefragt hat. Wie soll man ihm Unrecht geben, daß er sich, da es an Gott nicht möglich wäre, an seinem leiblichen Vater gerächt hat? Daß er eine Gewalttat durch eine andere gutmachen wollte? Daß er zuletzt in dem verborgenen *Gottvater* und in euch, dessen Evangelisten, dunkel einen Ersatz für die Bande des Blutes suchte? Für ihn und für euch, und nicht für die Sache der Völker, die ihm allem Anschein zum Trotz wenig am Herzen liegt, wird er morgen seinen Kopf hinhalten – als Sohn, der sich opfert.«

»Ist es wirklich so, wie du sagst?« fragte zweifelnd der Soldat. »Ist mein Herz so verworren? Aber wenn es auch wahr wäre, was du sagst, ich weiß nur, daß ich vor einer Mauer stehe. Leben mag ich nicht und mag auch nicht sterben. Verstümmelt, zu zwei Stücken sogar…«, schloß er mit einem Seufzer, während er sich noch einmal dem Fenster mit der schönen Aussicht näherte, wo nun das fertige Gerüst im Mond-

licht stand, bald sichtbar, bald nicht, je nachdem, ob
der Mond den Knebel der Wolken durchbrach oder
dahinter versteckt lauerte. Und das Gerüst war ein
bequemes und widerstandsfähiges Spielzeug aus
Holz und Eisen, geeignet für die Spiele von Riesen-
kindern. Im Augenblick stand es von allen verlassen
da; der Henker und sein Gefolge mochten sich wohl
eine Ruhepause gönnen.

»Ich bleibe dabei, der Tod am Galgen wäre mir lieber
gewesen«, sagte Agesilao, und ihre Reden glitten dadurch unvermerkt in andere Bahnen. Alle, er selbst
als erster, schienen das Interesse am Geschick des
Findelkindes verloren zu haben, um sich über die
verschiedenen Hinrichtungsarten zu zanken. Als
ginge es um die mannigfaltigen Schönheiten einer
Frau, die einer mit lauter Stimme gegen jeglichen
Widerstand verteidigt.

Zum Schluß war es noch einmal der Frater, der die
Bühne für sich allein beanspruchte. »Ich vermute,
daß wir die Extravaganz der Guillotine dem Gouverneur verdanken. Er ist ein eingefleischter Monarchist
und wird es sicherlich genießen, für die Idole seiner
Kindheit, alle die Ludwige und die Marie Antoinet-
ten, mit demselben Eisen Rache zu nehmen. Er gehört zu denen, die an derlei Vergeltungen und symbolischen Racheakten ihre Freude haben. Oder
vielleicht möchte er seinen Spitznamen Sparafucile
loswerden.«

Er sprach mit merkwürdig dröhnender Stimme, obwohl die niedrige Decke den Widerhall nicht gerade
begünstigte. Dröhnend, aber hin und wieder mit
einem falsettartigen Pfeifen. Wie eine Altstimme

spricht, die zuviel gesungen hat oder an Heiserkeit leidet. Daher kam es, daß alles auf einmal wie eine Theaterszene aussah: er als finster dreinblickender Solist in einer Ecke, ein Türke in Italien oder ein Kaufmann aus Smyrna, die anderen als Chor in einem Haufen ihm gegenüber.

»Beim Morgengrauen«, begann der Frater wieder, und es war, als würde er eine Cabaletta anstimmen, »wird keiner von uns mehr am Leben sein, und weder Recht noch Unrecht wird mehr Geltung haben. Mich schmerzt es nicht: Ich war neugierig auf das Leben, und neugierig bin ich auch auf den Tod. So daß ich sagen würde, im Gegensatz zu dir«, und da wandte er sich an den Soldaten, »lebe ich gern, sterbe aber trotzdem nicht ungern. Alles, was ich mit den Sinnen spüre, entzückt mich, Lust oder Pein, was es auch sei. Selbst die Folterung gestern abend mit ihren Qualen, die mir noch jetzt in allen Gliedern stecken, angefangen von der Stirn, auf die man mir eine Nagelkrone gedrückt hat, selbst die Folter war eine besondere Erregung. Das Netz, das ich im Leib habe, mit all seinen dünnen, krummen Fäden, die Nerven meine ich damit, dieses feine Instrument, auf dem jede Sonate anders klingt, ich laß es gerne leiden, wenn es nur vibriert...«

»Jeder tröstet sich auf seine Weise«, sagte trocken der Baron. »Wir, indem wir uns als Helden sehen, du, indem du dich brüstest, jede seltene Erfahrung bereite dir Genugtuung. Obwohl Sterben eine Erfahrung ist, zu der jeder Unfähige fähig ist...«

Er vestummte, denn er hörte, wie sich ein Schlüssel stockend im Schloß drehte; dann drang Licht durch die Türöffnung, ein unruhiges Lichtbündel, das die ganze Zelle absuchte. Die Tür ging auf, Soldaten mit Fackeln in der Faust traten ein, und das Antlitz der Madonna blickte wieder schmerzhaft von der Wand.

Es war eine Eskorte, und alle dachten, es sei die des Gouverneurs, der gekommen sei, um seinen Kredit zu fordern: Verrat oder Tod. Es war aber der Henker.

»Keine Angst«, sagte Meister Smiriglio, indem er ganz in den Raum trat, der jetzt voller Männer und übertrieben hell war. »Es ist noch nicht soweit. Ich bin hier, um euch das Maß zu nehmen. Wißt ihr, so eine Gurgel ist manchmal recht ledern, und manchmal steht sie weiter vor, als es die Rundung der Klinge gestattet. Eine Besichtigung an Ort und Stelle empfiehlt sich, auch Schneider und Schuster machen es in ihren Werkstätten nicht anders ...«

»Mußtet Ihr denn wirklich so früh kommen?« herrschte ihn Agesilao schwach an.

»Ich für mein Teil wäre gern schlafen gegangen. Aber das sind eben Befehle, und, wie man weiß, wer befiehlt, braucht nicht zu schwitzen.«

Er sprach unterwürfig und jovial, wie gewöhnlich; in der Festung kannte ihn jeder: ein gebürtiger Sizilianer, der sich aber in seiner Jugend zum Gefolge des Generals Murat*, des späteren Königs, schlug; er sprach drei Sprachen, alle schlecht, und mischte Leichenspäße und harmlosere Frechheiten in alle drei, nur zur Unterhaltung seiner Kundschaft. Nun trug er schon seine Festtagstracht, ein Gilet aus schwarzem Satin, das seinen leichten Fettansatz um-

spannte, schwarze Schuhe und schwarze Garnhand-
schuhe.

Bei seinem Anblick erhoben sich die fünf, mit größe-
rer Mühe Frater Cirillo, seiner Wunden und seines
Alters halber. Smiriglio näherte sich ihm als erstem,
zog ein Metermaß aus Stoff aus seiner Tasche und
legte es ihm mit geschickten Bewegungen um den
Adamsapfel.

»Ich nehme es beinahe zu genau«, sagte er, »aber mir
gefällt eine saubere Arbeit, ich bin kein dahergelaufe-
ner Halsabschneider, sondern *l'exécuteur des gran-
des œuvres de justice*, wie in meinen Papieren steht.
Und gelernt hab ich in Frankreich bei *Monsieur Si-
mon . . .*«

Die Verurteilten blieben stehen, sie konnten es kaum
erwarten, ihn wieder loszuwerden, da seine Redseligkeit und die Anwesenheit Fremder sie verdroß. Er
aber ließ sich Zeit und verglich mit Sachkenntnis die
Hälse untereinander, dann wandte er sich um und
nahm durch das Fenster seine Maschinerie väterlich
von oben in Augenschein.

»Oh, le joli bilboquet!« rief er aus und fügte sofort
hinzu: »Sie leidet an Ruhe, die arme Kleine. *L'avvugh-
hia – si nun cusi s'arrughia*, sagte meine Großmutter
immer.«

»Wenn die Nadel nicht näht, rostet sie«, übersetzte
Saglimbeni für sich, dann sagte er unvermittelt und
mit einem Anflug von Bosheit: »Hast du eine Tochter, Smiriglio?« Enttäuscht vernahm er die Antwort
und sah den Henker auf das hochragende Schafott
zeigen: »Dort unten steht sie, sie heißt Luigina.«
Da sagte der Junge: »Ach Smiriglio, tut es denn weh?

Ich frage immer wieder, aber niemand kann mir eine Antwort geben.«

Der Mann strich sich mit der einen Hand die Uniform glatt, die andere legte er dann komisch aufs Herz: »Es ist, wie wenn du ein Glas Wasser trinkst«, antwortete er, »es würde dir weher tun, wenn ich deinem Bild den Kopf abschnitte. Und wenn es nicht stimmt«, fügte er hinzu, »dann komm ruhig morgen nacht zu mir und zieh mir das Leintuch weg.«

»Jetzt geh«, sagte der Baron und schob ihn gutmütig zur Tür, und schließlich ging er, nicht ohne, wie es der Brauch war, eine Flasche Anislikör, die dann niemand nahm, in eine Ecke gestellt zu haben.

In der Zelle wurde es wieder finster, obschon sich das Viereck des Fensters beinahe unmerklich erhellt hatte.

»Vier Uhr«, rief Agesilao, während von unten der vertraute Lärm der Soldaten heraufkam.

»Wir haben nur mehr wenig zu verlieren, Freunde«, pflichtete der Baron bei. »Und dabei denke ich an die Aufgabe, die wir uns gestellt und zu deren Erfüllung ich euch auffordern möchte. Ihr seht, wie die Nacht zur Neige geht und mit ihr unser Leben.«

»Dichter«, befahl Cirillo mit der steifen Würde eines Vorsitzenden, »jetzt übergibt dir der Baron die Stafette. Du bist an der Reihe, uns von dir zu erzählen.«

»Sei's denn«, sagte Saglimbeni. »Ich habe hunderttausend Erinnerungen und brauche nur zu wählen. Ich werde euch die erzählen, die mir am liebsten ist; sie heißt: *Der blinde Hahn.*«

Dann fing er an zu erzählen.

XI   Was der Dichter erzählt oder
Der blinde Hahn

»Während ich nur mit halbem Ohr Agesilaos Abenteuern lauschte, überlegte ich, was ich selbst euch erzählen und welchen Splitter aus dem zerbrochenen Spiegel meines Lebens ich auswählen sollte, den zartesten oder den spitzigsten. Und ob ich nicht einfach der Versuchung nachgeben sollte, mich mit einer Lügengeschichte von der Welt zu verabschieden. Denn seht: Ich bin ungespalten, zwischen Wahrheit und Lüge, Lüge und Wahrheit wechselnd, herangewachsen wie ein Fisch in zwei kommunizierenden Wasserkugeln. So daß ich die gläserne Wand nicht mehr von der Luft, die erdichteten Ränke nicht mehr vom Leben unterscheiden kann. Wer ich also in meinem Inneren bin und wie vielfach mein Wesen gewunden ist, zwingt mich nicht eine List zu verschweigen, sondern die schier unüberwindliche Mühe, selbst daraus klug zu werden. Mir gefallen im übrigen die Komiker, die ihre Schminke wie ein Gesicht zur Schau tragen und die sich von den bunten Fetzen, mit denen sie sich ausstaffieren, so hinreißen lassen, daß sie schließlich sich selbst völlig verfälschen und verhexen.

Dem eben genannten Laster und dem anderen, niemals einfache Mittel für einfache Zwecke zu gebrauchen, sondern die einen wie die anderen zu verwickeln, verdanke ich es wohl, daß ich den Ruf eines Dichters genieße. Sei's denn! Ich habe zwar in meiner Jugend viele Dichter gelesen und kenne viele Opernarien und kann zur Not auch ein paar spaßige Reime schmieden, aber mich deshalb Dichter zu nennen... Obschon es mir – das muß ich gestehen – viel Freude macht, wenn die Worte einander schmiegsam umschlingen und einander erwidern und melodisch die Bewegungen des Gemüts vortäuschen. So konntet ihr in den letzten Wochen häufig hören, daß ich den Anfang des »Gefangenen von Chillon« deklamierte:

Im fahlen Schein des Lichtes
hinter Gittern...

und den Chor der Gefangenen aus *Fidelio* pfiff, die Szene, wo die Verurteilten aus dem Dunkel zum Licht emporsteigen. Aber nur, um daraus das günstige Vorzeichen zu gewinnen, auch uns würde eine ähnliche wunderbare Rettung zuteil. Melancholische Ausflüchte, ich weiß es wohl. Denn genau wie ihr fühle ich, wie die Stunden murmelnd ihrem Ende zufließen, ohne daß irgend etwas imstande wäre, sie vor dem unabwendbaren Sturz aufzuhalten...
Trotzdem komme ich nun zur Sache. Ihr selbst mögt dann entscheiden, ob ich euch etwas vorgegaukelt habe und ob mein Glück im Müßiggang glaubhafter ist als das Glück durch Verbrechen und Gottlosigkeit, das Agesilao uns gerade vorgeführt hat.
Zuallererst müßt ihr mit mir in die Vergangenheit zurück und euch vorstellen, wie ich mit zwanzig war: die Augen strahlend vor eingebildetem Licht, hoffnungsgrün von der Verheißung eines unfehlbaren Gutes. Nicht daß ich den Blicken der Damen allzuviel Glauben geschenkt hätte, aber ich muß tatsäch-

lich schön gewesen sein, von einer zuversichtlichen, stolzen Schönheit. Deren Ansehen noch durch das legendärste Geflüster vermehrt wurde: über meinen Mut, über meine Freiheitsliebe, von meinen Sprüngen zwischen Alkoven und Barrikaden, stets mit einer Blume in der einen und einem Karabiner in der anderen Hand...

So war ich oder so wurde ich eingeschätzt, und so kam ich in das große Herzogtum, um die Adeligen gegen den Tyrannen aufzuhetzen. Den Adel sage ich, nicht das Volk. Denn der Ehrgeiz und der Neid einiger vermögen stärker zu wirken als das Elend vieler, wenn es einen Aufruhr anzuzetteln gilt. Daher hatte ich mich schon mit Romeo* und Torremuzza* treffen müssen, bald an geheimen Orten in der Stadt, bald in abgelegenen Landgegenden, wohin ich zu Pferd unter der Unbill der Sonne und unter der Führung düster dreinblickender oder unvermittelt lächelnder Feldhüter gelangte.

Nach einer Tagesreise befand ich mich also an den Abhängen des Vulkans, wohin mich dringende Briefe des Herzogs Maniace gerufen hatten, der wegen eines Gewächses in der Kehle bald verscheiden sollte. Ich war lange geritten – das weiß ich noch –, von staubigen Flammen geblendet, hatte ab und zu im Schatten eines Johannisbrotbaumes gerastet wie bei den Stationen eines weltlichen Kreuzwegs. Die Lavabrokken, die den Maultierpfad zu beiden Seiten säumten, schienen eben erst aus dem ehernen Schlund eines uralten Drachens hervorgebrochen, der unter seinen Augenlidern, noch glimmend, den Blitz des ersten *»Es werde«* hütete.

Eine ausgedehntere Rast machten wir schließlich am
Fuß eines Hügels in einer Hütte aus trocken gefügten
Steinen, wo der Verwalter fünf oder sechs Kaktusfei-
gen für uns schälte und uns aus einem kühlen Tonkrug bis zur Neige trinken ließ. Doch, während ich
mir den Mund trocknete, überraschte mich ein Gemurmel: einige karge Silben wurden ausgetauscht,
und auf den Mienen spiegelte sich beinahe unmerklich ein Einverständnis. Ich ließ mir nichts anmerken,
nahm mir aber vor, auf der Hut zu sein. Vergeblich.
Wir hatten uns kaum wieder auf den Weg gemacht,
als die zwei Männer meiner Begleitung im selben
Moment, da ich den Kopf erhob, um auf der Anhöhe
die ersten Ausläufer der herzoglichen Wohnungen zu
erspähen, ihre Pferde mit einem Ruck nach rück-
wärts wandten, ihnen die Sporen gaben und wortlos
in der gleißenden Sonne verschwanden. Mehr war
nicht nötig für das heimtückische Tier, auf dem ich
saß, um nun seinerseits zu scheuen, voller Ungeduld,
mich aus dem Sattel zu werfen und hinter seinen
Artgenossen herzujagen. Ich hätte es trotzdem gezähmt, wäre der bewußte Stein nicht gewesen. Der so
kategorisch mitten auf dem Weg lag, daß man denken
mußte, die Begegnung zwischen der Kante dieses
Kiesels und dem Knochen meiner Stirn sei schon seit
Jahrhunderten vereinbart.
In einem geräumigen, nach Wäsche duftenden Alkoven kam ich wieder zu mir. An meinem Lager zwei
Gesichter: das einer Frau und das eines Jungen.
Sie hatte die schwärzesten Augen, die ich je gesehen.
Zwei flüssige dunkle Steine, sofern es möglich ist,
daß sich die tiefe Trägheit des Minerals mit dem

feuchtesten Schmachten vermählt. Augen, die, im
Nu aus einer scheinbaren Lethargie erwachend, zu
einem blitzartigen Raubanschlag übergingen, hinter
dem Schirm der langen Wimpern hervorschnellten
wie ein Reptil, das seine Beute anspringt.

Daß diese Augen auf mich geheftet waren, hatte
ich gespürt, noch bevor ich die meinen öffnete, so
stark war die Energie, mit der sie die Mauer der
Bewußtlosigkeit durchdrangen. Als ich sie schließlich aus der Nähe sah, ergriffen mich gleichzeitig
Schrecken, Staunen und Wonne: die Gefühle einer
Taube, wenn sie vom Zauber einer Schlange gelähmt
wird.

Schwarz die Augen, das Antlitz sonnverbrannt und
sehr schön, wenn auch von einem leichten Ausschlag
befallen; voll Verlangen der dunkle Blick, aber insgeheim gezügelt wie durch eine Strafe; rastlos die
Hände, nach allem greifen wollend, was in ihrem
Umkreis lag, niemals friedlich im Schutz der Ärmel
ruhend... Schließlich die Kleidung, schwarz von
oben bis unten; eine aufwendige Trauer, die mir eine
heillose Kunde überbrachte: Der Herzog war tot,
meine Mission im Entstehen erstickt. Dies war seine
Witwe, und der dort mit der bleichen Miene sein
noch nicht mannbarer Erbe. Zu unreif, um, selbst
wenn er es gewollt hätte, den Platz des Vaters in
unserer Verschwörung zu übernehmen.

Über die Landleute und ihre Flucht wußte ich nun
mehr als genug: Nachdem sie durch ein heimliches
Geflüster vom Ende des Herzogs, ihres Herrn, erfahren, fühlten sie sich nicht weiter bemüßigt, mich zu
begleiten, als wäre ich von einem Augenblick zum

anderen ein Auswuchs geworden, den man abschnei-
den mußte; nicht länger ein Besucher, der Zuwen-
dung heischte, sondern ein Ärgernis innerhalb einer
Ordnung von Geheimsprachen und Gebräuchen, die
durch meine Gegenwart verletzt wurde.
Dies spürte ich verworren, um so mehr, als ich mich
auch in diesem Bett, das nicht das meine war, fremd
fühlte. Außerdem hatte ich Schmerzen: Der Kopf
brannte mir unter dem Verband, obschon der einzige
Schlag, der mich getroffen, mir keinen sonderlich
großen Schaden zugefügt hatte. Weitaus schlimmer
war der Durst: Es krümmten sich alle meine Fasern,
vom Fieber in Brand gesteckt wie ein Stoppelfeld von
einer Feuersbrunst. Trotzdem zwang ich meine Lippen, sich noch zurückzuhalten und noch nicht um
Hilfe zu bitten, die Vorsicht gebot mir, noch zu
warten, bevor ich öffentlich wieder zu mir kam, um
zu entscheiden, welche Partei ich in meiner momen-
tanen Lebenslage ergreifen sollte.
Ich ließ mich also noch einmal ins Dunkel zurücksin-
ken, nicht ohne blitzartig alles Sichtbare aufgefangen
zu haben, das mir mein Blick als Zusatz von den
beiden Gesichtern gewährte: die hohe Zimmerdecke
aus Röhricht und Gips, von dunklen Balken durchzogen, an denen hölzerne Paladine und mit Spielzeug
vollgestopfte Säcke herabhingen, wie es sich für das
Zimmer eines Jungen gehört; dann, dem Bett gegenüber, das Fenster auf die Terrasse, Rahmen für einen
unaussprechlich schönen Himmel, in dessen indigo-
blaues Rechteck der Kandelaber einer Agave mit gel-
ben Blüten ragte.
Meine künstliche Ohnmacht war nicht glaubwürdig,

die Zeichen des Erwachens zu offen sichtbar. So schallte es denn auch, von einer tief im Hals sitzenden Stimme gerufen, »Saglimbeni« durch das Zimmer: in den paar Silben schwang eine Vertrautheit mit, die, halb ehelich, halb mütterlich, zwischen mir und der Dame – ähnlich wie wenn im Mittelalter zwei rivalisierende Könige einen Sohn und eine Tochter verheirateten – einen Regenbogen des Friedens schlug und ein Bündnis des Blutes besiegelte.

Damit begannen die fünf müßigsten und glückseligsten Wochen meines Lebens. Als Gast und Rekonvaleszent wurde ich über jegliche Gebühr zum Bleiben gezwungen, indem mir Höflichkeiten angeboten wurden, die ich nicht ablehnen und denen ich so wenig widersprechen konnte wie den Befehlen eines Pharaos.

Die Witwe redete wenig, es reiche – so sagte sie –, daß ich ein Freund ihres Mannes gewesen sei, um mir auch freund zu sein. Von unseren subversiven Absichten wußte sie nichts oder wollte sie nichts wissen. Trotzdem reichte sie mir eines Abends mit der Ausrede, sie wären sonst im Feuer gelandet, einige Geheimpapiere mit Listen von Namen und der Handschrift des *Gottvaters*, die, wären sie bekannt geworden, das ganze Königreich aus den Angeln gehoben hätten. Danach ließ sie mich langsam genesen, ohne zu anderen Gelegenheiten meine Gesellschaft zu suchen als bei den Mahlzeiten; sonst ging sie schweigend an mir vorüber, zu jeder Stunde, aufrecht, schlank, mit einem großen Schlüsselbund am Gürtel, auf ihrer Runde durch die zahllosen Zimmer des Hauses, in denen sie täglich nach dem Rechten sah.

Ein Zimmer um das andere wurde gründlich in Augenschein genommen, da ein Finger auf nicht blank geputztes Glas oder Mahagoniholz gelegt, dort eine oder zwei Mägde überrascht, die faul mit gespreizten Beinen auf dem Boden saßen. Aufrecht, schlank. Eher vierzig als dreißig, aber noch jungfräulich errötend, als ich sie beispielsweise fragte, ob sie noch andere Kinder habe, und sie antworten mußte, nicht einmal dieser Sohn sei von ihr, sondern von der ersten – verstorbenen – Frau. Fieberhaft, ernst, gebieterisch, scheu. Jeden Tag fügte ich ein neues Attribut hinzu, ohne ein überzeugendes Ganzes daraus zusammensetzen zu können: einem Maler gleich, der von einem Gesicht bald die Nase, bald das Kinn, bald die Wangenknochen abbildet und glaubt, er habe jede Einzelheit genau erfaßt, aber auf seiner Leinwand doch die gesuchte Ähnlichkeit nicht findet. Streng mit dem Jungen, obschon sie ihm in wenigen Jahren, von der Dienerschaft freudig erwartet und dem Testament entsprechend, die Herrschaft über das Herzogtum abtreten mußte.

Ich nahm sein Zimmer ein, er hatte es mir geliehen, und es lag neben dem anderen, das ihr großer Alkoven war. Und sie wurde nicht verlegen, wenn ich sie mehrmals morgens in dem Spalt zwischen den zwei Türflügeln sah, wie sie vorbeiging, nur in wallende Seidengewänder gehüllt, die sich bei jedem Schritt öffneten und wieder schlossen und festes Fleisch aufglänzen ließen, das sich, mit einem schwarzen Vlies geschmückt, langsam auf das Badestübchen zubewegte.

Ich war versucht zu glauben, daß es nicht der Zufall

war, der sie mir so schutzlos vor Augen führte, wies aber den Gedanken von mir, da ich sie den ganzen Tag über so zurückhaltend sah. Außerdem war es auch ihr Geruch, der mir Einhalt gebot: ein natürlicher Geruch, den die Körperpflege, statt zu unterdrücken, eher noch zu verschärfen schien, nach Quitten und Rosinen, süßlich und auf die Dauer beinahe die Nase beleidigend.

Eine merkwürdige Frau, merkwürdiger als alles aber fand ich die Feindseligkeit, mit der sie den Jungen anblickte. Es war ein bleichsüchtiger und leidenschaftlicher Halbwüchsiger, der sich in den Pausen zwischen den Malariaanfällen als unermüdlicher Wanderer entpuppte. Ich war kaum wieder bei Kräften, da bot er sich mir schon als Begleiter für Spaziergänge durch die umliegenden Wälder und Felder an, die sich über alle Stunden des Tages hinziehen sollten. Als Begleiter oder eher als ein treuer Diener, immer einen Schritt hinter mir gehend.

Durch ihn lernte ich die ersten Ekstasen des Müßiggangs kennen, wenn ich sie so nennen darf: ein einschläfernder, eintöniger, ewiger Reigen. Die Dinge ringsum hielten inne, es war, als hätte sich ein Defekt in die Zeit eingeschlichen. Denkt an die von der Verwünschung überraschten Höflinge in dem Märchen von der schlafenden Prinzessin: der eine hebt ein Bein zum Kreuzsprung eines Kontertanzes, der andere hat einen Weinbecher an den Lippen, und wieder ein anderer hat seine Prise Tabak nur halb geschnupft... jeder in einer unschuldigen oder unreinen Gebärde seines Lebens, jede Grimasse und jedes Lachen wie aus Marmor gemeißelt, unveränderlich. Genauso erging es mir damals. Obschon ich lange Spaziergänge machte, wie gesagt, und ohne Unterlaß um mich blickte, waren meine Augen doch ebenso strahlend und reglos wie die einer Statue im Park, die, in den harten Hüllen ihrer Höhlen liegend, auf eine längst verwischte Zielscheibe starren. Ich empfand keine Regung, gab keinen Laut von mir, jegliche Leidenschaft war eingeschrumpft zu einer Puppe ihrer selbst, lauwarm in einer selbstvergessenen Wärme, derjenigen ähnlich, welche die Schlangen in ihren Winterquartieren am Leben erhält. Leben? O nein, aber auch nicht Tod, und auch nicht Schlaf, sondern ein Abbild des Halbschlafs, eine Unlust und eine vollkommene Flaute des Blutes, dessen Wogen in winzigen, seltenen Tropfen lautlos am Felsen des Bewußtseins zersprangen. Dies meine Verfassung. Was ich auch tat oder dachte oder sagte, alles schien leichten Schrittes aus einer Traumwelt zu kommen. Dabei half mir Amabile (das war sein Name). Durch sein Schweigen vor allem; dann durch seine sinnliche Fähigkeit, jegliche Kleinigkeit zu genießen, sei es das Vorbeiziehen einer Wolke oder die Vorahnung eines Windes oder die Kernhäuser zweier Äpfel unter einem Apfelbaum, der schlagende Beweis dafür: Hier war der Garten Eden...

Sein Gehör grenzte ans Wunderbare, es registrierte jede, auch die beinahe lautlose Musik der Erde, des Wassers und der Luft: das Auffallen eines Stöckchens auf dem Grund einer Zysterne; das Rascheln des Grases, das zwischen zwei Steinen auf einer Tenne wächst... Das Ohr war sein auserwähltes Spielzeug. Und er lehrte es mich benützen, genauso wie er mich

andere Spiele lehrte, die ich in meiner stürmischen
Kindheit verachtet oder schon verlernt hatte. Meinen
Jahren zum Trotz war ich das Kind, das lernbegierig
dem Beispiel des großen Bruders folgte. Obschon
seine Gefühle und seine Haltung mir gegenüber die
eines Hörigen blieben, mehr noch eines Fanatikers,
eines von Liebe Besessenen. Denn das muß gesagt
werden: er liebte mich. Ich sah ihn im Sand der
Weinberge, nachdem ich mich gerade von einem kurzen Schlummer erhoben, die Eindrücke meiner Glieder suchen und sich dann selbst hineinlegen, beinahe
als wollte er sich ganz in die noch warmen Abdrücke
ergießen. Außerdem ahmte er meine üblen Ange-
wohnheiten nach: meine Art, mit dem Zeigefinger
über das Grübchen im Kinn zu reiben, wenn mich die
unerwartete Güte eines anderen überrascht; und die
Art, langsam das Haar zurückzustreichen, nachdem
ich einen schönen Satz gesagt habe ... Er liebte mich.
Oder besser, er wollte ich sein, was wohl das unmit-
telbarste und absolute Merkmal der Liebe ist. Im
übrigen hätte sich der Ehrgeiz seiner Liebe kaum mit
dem Absoluten begnügt, er hätte mehr verlangt, obschon er nicht wußte, was es war. Die Lust kannte er
nicht, wußte nicht, daß es sie gab; das hatte ich begriffen. Und damit will ich nicht sagen, daß die Lust
das Absolute ist. Sondern nur, daß sie ein Luxus ist,
dem sich sein Geist und sein Körper verweigerten,
von der Überzeugung beseelt, die Lust würde nie
genug sein. So hatte er die sechzehn Jahre seines
Lebens hingebracht ohne andere Qualen als die, die
er in den Büchern fand; ohne seine Mutter zu kennen, die bei seiner Geburt gestorben war; ohne von

seinem Vater mehr zu kennen als einen sonntäglichen
Kuß, feucht und stachelig vom Haar des Schnurr-
barts; und nichts anderes von seiner Stiefmutter als
den Geruch, der sie von ferne anzeigte, viel früher als
ihre Schritte in den seidenen Pantoffeln.

Ohne Umgang mit Gleichaltrigen, an seiner Seite
immer unterwürfige Hauslehrer und ländliche
Dienstboten, hatte Amabile stets am Auf und Ab
seines Fiebers gehangen, auf dieselbe gefügige und
trunkene Weise, wie wir Gesunden dem Wechsel von
Licht und Dunkelheit folgen. Verwirrend war es daher für ihn, mich zu entdecken: der ich, mit fremden
Wörtern von einem fremden Stern gekommen, die
Fibel seiner Tage durcheinanderschüttelte: der erste,
mit dem er sprechen konnte, nach den vielen einsamen Gefechten und den taubstummen Streitge-
sprächen mit seinen hölzernen Paladinen. Mir, einem
Stadtbürger von altersher, der nie bis dahin mit den
tausend Geheimnissen und den winzigen Ungeheu-
ern des ländlichen Sommers in Berührung gekommen war, schien es wie ein Traum, von ihm in all das
eingeweiht zu werden, vertraut umzugehen mit
Mücke, Käfer, Eintagsfliege, Tarantel, Feldmaus und
Viper; deren aller Anwesenheit er wahrnahm, ohne
sie zu sehen, so wie er gelassen die unterirdischen
Wasseradern entdeckte, nur indem er ein gegabeltes
Ästchen in der Hand hielt. Hin und wieder legte er
seinen Finger auf den Mund und nahm mich bei der
Hand. Schweigend überraschten wir, von Grashalm
zu Grashalm pirschend, von oben her jedesmal ein
anderes Tier in der Abgeschiedenheit seines Ver-
stecks, ohne es zu erschrecken und ohne selbst zu

erschrecken. Er habe allmählich, so sagte er, den Ton jedes einzelnen Tieres aus dem Orchester der Waldstimmen herausgehört und unterschieden, indem er spürte, wie seine Nervenstränge von den Fußwurzeln bis zu den Fingerspitzen jedesmal anders erbebten. Auf ähnliche Weise nahm er das Wispern der siebzig oder achtzig Meter tief im Erdboden begrabenen Quellen wahr.

An manchen Spätnachmittagen nahm er mich mit an den Fluß. Donna Mathilde bewachte uns von oben, falls die schwarze Haarkrone hinter den Fensterscheiben, die bald wieder verschwand, wirklich die ihre war. Wir gingen über einen Pfad, auf dem grünes Schilf wogte und wo wir uns mit Knien, Ellbogen und Messern einen Weg bahnten, während das Rauschen der Strömung uns führte und immer näher und immer freundlicher klang. Im ersten Moment vor Kälte zusammengekrallt, weigerte sich der nackte Fuß, ganz einzutauchen, und flüchtete sich lieber auf die Höhe eines vom Wasser geglätteten Steins, wie sich ein Schiffbrüchiger auf eine Klippe rettet. Von da brauchte man sich nicht mehr wegzubewegen, die Fische konnte man mit den Händen fangen...

Wenn wir heimkehrten, stürmte unfehlbar schon auf der Treppe der Walzer *Printemps au bois* und zugleich der Geruch der Herzogin auf uns ein, deren Finger sich auf einem widerspenstigen Klavier erbarmungslos abmühten. Sie hörte auf, sobald sie uns eintreten sah, und legte, sich mit der Zunge über die trockenen Lippen fahrend, die Hände umgekehrt in den Schoß. Damit wir ihre Handflächen bewundern konnten, auf denen keine einzige Linie, keine einzige Falte zu sehen war. Eine Eigenheit, für die ich kein anderes Beispiel kenne und die mir immer wieder fatal und irgendwie mit einer Hexerei verknüpft schien. Hexenhaft war an ihr übrigens auch das schräge Lachen der Augen und ein Schwanken des ganzen Körpers, dessen Angelpunkt die Hüfte war, so daß der Schritt mitunter aus dem Takt geriet und einem davoneilenden Gehumpel ähnlich wurde. Der Eindruck des Hexenhaften verstärkte sich noch, als ich eines Nachts aufwachte und hinter der verriegelten Tür eine heimliche Gegenwart wahrnahm, deren Atmen oder Seufzen nicht mit meinem zusammenstimmte. Ich brauchte nur Anstalten zum Aufstehen zu machen, so daß das Bett knarrte, und schon verloren sich leise Schritte in der Ferne des schlangenartig gewundenen Korridors...

Am nächsten Morgen fand ich vor meiner Tür, die ich offensichtlich wegen eines davorliegenden Hindernisses nur mit Mühe öffnen konnte, einen Hahn mit zusammengebundenen Füßen und ausgerissenen Augen, der blutend um sich schlug und erbärmlich die Türschwelle versperrte. Ein Zauberbann?... Ich lachte und sah darin lieber einen *tropos*, eine rhetorische Figur meines Lebens, obschon ich nicht wußte, welcher Blindheit mich der unbekannte Urheber bezichtigen wollte.

Ich hätte mehr darüber nachdenken sollen, aber ich wollte nicht. So wohl war mir in dem goldenen See des genießerischen Nichtstuns, in dem ich mit großen Zügen herumschwamm. Und ich hätte dieser meiner Erfahrung heiter ruhigen Lebens nichts hinzuzufügen, wenn sie sich nicht zu einem Schreckbild verzerrt und in Schrecken geendet hätte, wie ich nun erzählen werde.

Es kam ein Bote aus der Hauptstadt, um nach mir zu sehen. Man hatte vom Tod des Herzogs erfahren und verstand nicht, warum sich meine Rückkehr verzögerte. Damals waren die ersten Zeiten der Verschwörung, in denen es angenehm stürmisch hergeht und der Heroismus keinerlei Unterhandlungen und Ferien duldet. Der *Gottvater* persönlich (noch war es mir nicht gestattet, ihn von Angesicht zu sehen, jedoch bekam ich zu bestimmten Zeiten seine persönlichen Anweisungen) ließ mir sagen, man brauche mich, ungeheure Unternehmungen reiften auf dem Kontinent heran. Nun weiß ich, daß er sich etwas vormachte, daß er zwischen zwei Partien Baccarat, wie oft in den letzten zwanzig Jahren, einen seiner gewohnten Romane eingefädelt hatte, in dem Hoffnungen und Täuschungen aufflackerten – gleich den unermüdlichen Versuchen des Ixion, von der Folter freizukommen –, genau wie der jetzige, der uns aufs Schafott führt. Ich gehorchte jedoch, ohne zu zaudern. Wie ich selbst jetzt nicht zaudere, da ich überzeugt bin, daß jeder Mißerfolg schließlich dem Erfolg zugute kommt; und daß unserer Sache vielleicht mehr durch das Sterben als durch das Leben gedient ist. Im übrigen waren bei mir Vorsorge und Wahnsinn stets innig vereint, und ich habe nie auf das Unmögliche verzichtet, nur mit der schwachen Ausrede, daß es eben unmöglich sei. Um zum Schluß zu kommen: Eines Abends, als wir friedlich im Freien saßen und nach einem kurzen Gewitter den Geruch der Erde genossen, kündigte ich unvermittelt meine Abreise an.

Wir saßen auf der Terrasse neben der Balustrade, zwischen deren kleinen Säulen das braune Tal und einige schwankende Lichter sichtbar wurden: wohl Schneckensammler, die zwischen den Steinen des Gemäuers suchten. Die Kühle stieg aus der Erde auf wie ein feuchtes Tuch, das uns wohltuend über die Beine strich. Die Stille war schier unerträglich süß.

Ich unterbrach sie und sagte, ich würde so bald wie möglich abreisen, und es war, als hätte ich Axthiebe ausgeteilt. Kurz darauf brach die Frau in ein Schluchzen aus, das mich erstaunte, ja, ja, ich solle nur ruhig abreisen, der eine Monat, den sie und Amabile meinem Leben gestohlen und dem ihren geschenkt hätten, sei ohnehin schon zuviel...

Worte, die ich auf ihren Lippen nie erwartet hätte; das einzige Zeichen einer Zuneigung, die, so offenkundig sie bei dem Jungen war, bei ihr nichts hatte vermuten lassen, so gut war sie unter dem Mantel einer immer dauernden Gastfreundschaft verborgen.

Ich ergriff ihre Hand, die zitterte und brannte: ein glühendes schmiedbares Eisen von solch ansteckender Lebenskraft, daß mir das Blut in den Nacken schoß und mich ein so unschuldiges Verlangen nach ihr erfaßte, daß ich meinerseits von Kopf bis Fuß zitterte.

Der Junge, selbst zu verstört, um die Verstörung der anderen zu bemerken, begann mit aller Wut zu essen, und dazwischen weinte und schluchzte auch er.

Ich faßte mich wieder, stand auf und zog mich, ohne mich umzuwenden, in mein Zimmer zurück, wo mich später der Widerhall eines geheimnisvollen Disputs erreichte.

Meine Abreise wurde für den kommenden Sonntag festgesetzt, beide sollten mich, sie mit einem Zweispänner, der Sohn zu Pferd, bis zur Küste begleiten, von wo ich mit Gottes Hilfe zu Schiff weiterreisen sollte.

Die Vorbereitungen wurden künstlich in die Länge gezogen, und ich selbst gab den Aufschüben gerne nach: wie ein Mieter, der die vielen Jahre über gleichsam in die Zimmerwände hineingewachsen ist und beim Weggehen zu sich selbst sagt, eines Tages werde er zurückkommen.

Die ungeduldige Erwartung meiner Abreise bedrängte mich aber deshalb nicht weniger, wie immer, wenn eine Trennung schon beschlossen ist und mir der Ort, wo ich mich noch aufhalte, und die Stunden, die noch fehlen, als Abfall der Gegenwart erscheinen: nur ein Abbild des Lebens, so bald wie möglich zu töten und zu begraben. In diesem Gemütszustand machte ich mich auf die Reise.

Es war einer jener kristallklaren Tage, die sich im Süden unvermutet zwischen sarazenische Hundstage einschieben und in ihrer durchsichtigen Klarheit zwar schon an den Herbst gemahnen, aber noch nicht gezeichnet sind vom Schatten der zarten Pein, die erst später, beim ersten Pfeifen des Nordwindes zwischen den lockeren Balken der Dachkammern und aus den Rissen der Baumrinden aufsteigt. Mathilde lenkte die Kalesche, Amabile folgte zu Pferd.

Mit einer so erwachsenen Trauermiene, daß er einem Vater glich, der dem Trauerzug seines Sohnes folgt. Ich übertreibe nicht: Ich bemerkte, daß er dem schwarzen Band, das zur Erinnerung an den verstorbenen Herzog in sein Knopfloch genäht war, zu Ehren meines symbolischen Todes ein zweites hinzugefügt hatte. Selbst die Tatsache, daß die beiden weder Postillon noch Diener im Gefolge gewollt hatten, verstärkte die einsame und tödliche Bedeutung dieses Lebewohls.

Wir hatten die Wegkreuzung von Centorbi schon hinter uns, als mich ein Schrei hochfahren ließ: die Herzogin hatte die Zügel fallen lassen und betrachtete ihre leere ungeschmückte Hand. ›Verloren! Ich hab ihn verloren!‹ schrie sie und fuchtelte mit einem Finger herum, wobei sie ihn beinahe ihrem Stiefsohn ins Gesicht stieß, denn er war an ihre Seite geritten, und sein Gebaren mochte drohend aussehen, war aber nur verzweifeltes Flehen.

›Reite doch zurück und such ihn‹, bat sie inständig. ›Er muß mir bei den Kurven von Bíddini hinuntergefallen sein, als ich die Zügel so scharf angezogen habe. Wir warten in dem Haus neben der *senia* auf dich.‹

Der Junge blickte sie merkwürdig an, dann wandte er sein Pferd um und entfernte sich. ›Komm nicht ohne den Ring zurück!‹ befahl sie ihm noch, dann stieg sie aus der Kutsche und ging auf das Korkeichenwäldchen zu, in dessen Mitte sich die *senia* befand.

Der Ort war neu für mich. Die *senia* war ein rundes Becken, das zur Bewässerung diente, daneben stand eine Hütte, es war nicht genau auszumachen, ob nur ein Stall oder auch ein Unterschlupf für die Bauern. Die umstehende Versammlung der Korkeichen, welche die mürrische Miene von Zuschauern hatten, machte aus dem Ort ein Theater und aus unseren Handlungen gespielte Szenen.

Ihr kennt meine Vorliebe für die Oper. Ich hatte gerade ein grünes Reis abgerissen, um, wie im letzten Akt des *Fra Diavolo*, meinen Hut damit zu schmücken, als dem nur untergeschobenen Geschehen durch das wirkliche nachgeholfen wurde. Während die Frau sich schon im Schutz des Stalles befand und ich noch zurückgeblieben war, um Wasser zu trinken, da war es mir plötzlich, als ich, kniend und die Augen beinahe geschlossen, meine Lippen der *senia* näherte und schon den Vorgeschmack der Kühle genoß, als ob sich ein Dunstschleier vor die Sonne schöbe.

Als ich meine Augen weiter aufmachte, um mir klarzumachen, was geschah, sah ich neben meinem Bild drohend das eines anderen, der hinter mir stand, so bärtig wie meines bartlos war, und es trat immer deutlicher hervor, je mehr sich die Kreise, die meine Hände dem Wasser eingedrückt hatten, wieder glätteten.

Ich brauchte mich nicht umzudrehen, die Spitze einer Klinge im Rücken sagte mir, daß eine entscheidende Stunde für mich gekommen war.

›Ich bin Salibba‹, sagte eine Stimme, und das genügte.

Salibba, das war der bekannteste Bandit des Herzogtums. Man erzählte sich, er verzehre das Fleisch seiner Feinde ungekocht.

Ich drehte den Kopf, um ihn anzusehen: dichter Bart, niedrige Stirn unter dem breitkrempigen, kegelförmigen Hut, Wolfszähne im grinsenden Mund, große Ohren, die vom Kopf abstanden und so beweglich waren wie ein zweites Paar Hände. Mit Geisterschritt war er hinter mich getreten, nun aber schob er mich geräuschvoll vor sich her, nicht ohne mir vorher die Handgelenke mit einem Knoten aus starken Seilen zusammengebunden zu haben, und das Gelächter, das er hervorstieß, klang wie Husten. Die Spitze seines Schnappmessers trotzdem auf meinen Rücken gerichtet, schob er mich in den Stall. Mathilde, die zunächst nichts bemerkt hatte, schrie auf, als sie uns eintreten sah. Sie schrie nur einmal auf wie ein Tier, das in eine Schlinge gegangen ist. Dann ließ sie sich in eine Ecke des Stalles sinken, das Gesicht zusammengezogen wie eine geballte Faust. Er hustete sein Lachen, während er um meine Arme einen Strick legte und mich an einen Pfahl mitten in der Hütte festband. Er lachte immer noch, als er die Frau packte und auf das Stroh streckte.

Ich hörte, wie ihr Kleid zischend aufriß und zwei oder drei Knöpfe wegsprangen und auf dem härteren Boden wegrollten. Ihre Brüste erschienen von abnorm ungleicher Größe: die eines Mädchens die linke, der kleinen Näscherei aus Mandeln mit dem Namen ›Nonnenbusen‹ ähnlich; beinahe üppig die andere, deren braune Warze an einen Schild mit verrosteter Spitze erinnerte. Zwischen den beiden blitzte ein Schmuckstück auf, das lautlos auf das aufgeknöpfte, schlaff um ihre Füße liegende Kleid fiel. Das Schmuckstück erkannte ich mit erstauntem

Jubel, es war der Ring, der vergeblich gesuchte, der nie verlorengegangene Diamant...

Sie hatte ihn also versteckt, um mit mir allein zu sein! Mehr noch diese Entdeckung als ihre nun vollständige Nacktheit verdrehte mir den Sinn und entzündete mein Verlangen, obschon ich dazu verurteilt war, als wütiger Zeuge den Ergüssen eines anderen beizuwohnen.

Aber da schien sich Salibba, beinahe als hätte er meine Gedanken gelesen, wieder meiner zu entsinnen. Er schälte die Frau, die stumm und reglos dalag, aus dem Haufen Wäsche heraus und warf mir ein Wäschestück über den Kopf, wodurch er mich augenblicklich blind machte wie den verwünschten Hahn. Von da an sah und unterschied ich nichts mehr, außer am Anfang eine röchelnde Stimme, die des Mannes; darauf einträchtig eine andere, ein Stöhnen, das versuchte, sich in Worte zu verwandeln: eine Litanei, ein Stoßgebet des Fleisches, aus dem Mund einer Frau, die außer sich war und sich selbst durch Beten zur Lust anspornte.

Sobald ich mir durch einen Ruck mit dem Kopf ein Guckloch zwischen den Falten des Wäschestückes verschaffen konnte, sah ich ihn schon frei auf der Schwelle stehen, seine Kleidung in Ordnung bringen und nachsehen, ob nicht jemand kam; sie lag hingestreckt auf das strohene Bett, und man sah von ihr vor allem die Lippen: von den Küssen erschlafft, halb geöffnet, als warteten sie schon auf die nächsten Küsse, und rot wie eine Wunde in dem weißen Gesicht. Die Augen – tragisch und gesättigt – suchten ich weiß nicht was an der Decke, ihre ganze Gestalt schien aufgenommen in die düstere Heiligkeit eines Martyriums.

Es verging nicht viel Zeit, und der Mann verließ seinen Posten. Da hob sie ihr Kinn zum Zeichen der Aufforderung, und er fiel erneut auf sie nieder, und ich sah, wie er sich ein zweites Mal auf sie preßte. Diesmal beide schweigend und mit demselben Einsatz wie bei einer gemeinsamen Arbeit: wie zu zweit einen Baum sägen, im Einklang auf einen Amboß klopfen, rudern... Eine ernsthafte, Schweiß treibende Arbeit...

Daß Amabile eingetreten war, bemerkte ich zunächst nicht. Er mußte umgekehrt sein, weil er sich's anders überlegt, einen Verdacht oder eine Vorahnung hatte; er warf sich sofort auf den Räuber, ließ seine kleinen Fäuste auf dessen Rücken niederprasseln. ›Lauf weg, Junge!‹ versuchte ich, die Lippen von der Hülle geknebelt, ihm zuzurufen, aber er, weit davon entfernt, mich zu hören, sah mich nicht einmal.

Salibba löste sich langsam aus der Umarmung, und trotzdem war es nicht er, sondern die Frau, die, gleichzeitig aufgestanden, Amabile mit ihren fünf Fingern auf die Wange schlug. Er schwankte einen Augenblick, dann starrte er sie an, wich bis zur Tür zurück und verschwand. Auch Salibba blieb nicht mehr lange. Er ließ seine Wolfszähne blitzen und knirschen und nahm auf seine eigene Art Abschied von uns.

Die Frau zögerte ein wenig, bevor sie meine Fesseln löste. Zuerst kleidete sie sich an, mit den trägen unfehlbaren Gesten einer Schlafwandlerin. Als wir aus der Hütte traten, trank Amabiles Pferd aus der *senia*, der Sattel war leer. Der Junge war weiß Gott wohin zu Fuß ausgerissen. Ohne eine Antwort zu bekommen, riefen wir in Richtung des Flusses.

Da sahen wir ihn endlich. Er saß auf einem Felsblock am Ufer, seine Füße hingen ins Leere. Erst beim dritten Ruf: ›Amabile! Amabile!‹ gab es ihm einen Ruck; aber er starrte uns an, ohne uns zu sehen; Groll stand ihm ins Gesicht geschrieben und ein Gemisch aus Mißgunst und Glückseligkeit. Als dächte er, bevor er sich hinunterstürzte, daß wir ihn nie mehr vergessen würden und diesen Blick für immer wie ein Messer in unserem Herzen tragen müßten.

Es war mühselig, über das Gestrüpp und die knorrigen Äste den Abhang hinunter zu steigen und den Leichnam im Flußbett zu bergen; dort lag er mit seitlich hängendem, von einem Felsbrocken geknicktem Hals. Die Schulter hatte sich durch den Fall in eine Bodenfalte gebettet, ein Abbild der gefälligen Gebärde, mit der sie jede Nacht im Bett die Gestalt ihres Schlafes und des Kissens fand. Das Gesicht war nicht zu sehen, es lag auf den Kieselsteinen; unter einem Bein wimmelten noch die Ameisen eines durch den Aufprall verschreckten, wenn nicht zerstörten Haufens. Ringsum eine ungeheure Stille. Seine Arme sahen aus wie Flügel.«

XII   Die Würfel fallen

Hier verstummte der Dichter, und Frater Cirillo
sagte: »Sieh mal an!« Und es sah aus, als wollte er zu
reden anfangen, aber plötzlich hielt er inne.
Als ihn Saglimbeni bedrängte: »Was hältst du denn
von meiner Geschichte?«, antwortete er: »Das ist
schnell gesagt. Sie ist nicht wahr, wozu du dir ja von
Anfang an das Recht herausgenommen hattest, allerdings hast du nur den Schluß gefälscht, das Ende ist
ein Schwindel.«
»Hut ab, Euer Gnaden!« beglückwünschte ihn Saglimbeni: »Aber sag mir, wie bist du darauf gekommen? Erklär's mir.«
»In dem Stall«, erklärte Cirillo schlicht, »wart ihr zu
zweit, nicht zu dritt. Der Mann, den der Junge auf
der Frau fand, bist du. Er hätte sich nie umgebracht
aus Eifersucht auf einen Banditen, sondern allein aus
Enttäuschung über dich.«
»Und Salibba?« wollten die anderen wissen.
»Salibba hat nie existiert«, erklärte Cirillo weiter. »Er
ist der Sündenbock, dem Saglimbeni seine Gewissensbisse auflädt.«
»Aber trotzdem war es ein schöner Name für einen
Räuber«, lächelte der Dichter. »Und zu guter Letzt,
wenn du es wissen willst, läßt sich von meiner Geschichte noch eine andere abzweigen, die freudiger
ausgeht: denn gute neun Monate nach dem Tod des
Herzogs gebar die Herzogin einen Sohn, eine ver-
dienstvolle Anstrengung des Alten, so hieß es, noch
vor seinem Hinscheiden, damit der Name nicht aus-

starb. Beinahe als hätte er Ambiles frühen Tod vorausgeahnt. Und seither regiert Donna Mathilde, dikker geworden und gelassen, das riesige Herzogtum an Stelle des neuen Erben. Ihrem Ehemann und ihrem Stiefsohn bringt sie jede Woche frische Blumen ans Grab und vergießt dabei wahre Tränen.«

»Gut«, sagte der Soldat, der sich offensichtlich selbst zum Zeitwächter eingesetzt hatte. »Wohl, weil du als Dichter zügiger zu sprechen weißt als die anderen, hast du deiner Pflicht in kürzerer Zeit genügt: Es ist noch nicht fünf Uhr, allerdings lange kann es nicht mehr dauern.«

Er trat ans Fenster, wo ein schwacher Lichtschimmer, eher Traum oder Fata Morgana denn wirkliches Licht, zu beben begann.

»Es geht voran, ja, ja, es geht voran«, murmelte er, während er sich wieder setzte, und es war zu verstehen, daß er nicht vom Tageslicht sprach, sondern vom Schafott, dessen Bau nun praktisch vollendet war, sogar das kleine Holzgeländer und die Treppe, an deren Fuß Smiriglio zu sehen war, der, auf einem schwankenden Stuhl sitzend, den Arbeitern noch die letzten Anweisungen erteilte.

Da sagte mit falscher Redseligkeit der Baron zum Dichter: »Übrigens dieser Byron, den du eingangs erwähnt hast, in meiner Jugend las ich nichts anderes. Auch ich mußte in den letzten Monaten manchmal einen Vergleich anstellen zwischen der Lebenslage der drei Gefangenen, die in den Zellen von Chillon unter Wasser eingeschlossen und derart gefesselt waren, daß sie einander nicht ansehen konnten, und unserer Lage hier oben, die trotz allem weniger grausam ist. Aber noch eine andere Stelle bei demselben Dichter bewegt meinen Sinn. Wo der überlebende Freigelassene zugibt:

> ... Die Freiheit selbst
> gewann ich mit einem Seufzer wieder.

Ein bedauerlicher Seufzer und ein bedeutungsvolles Eingeständnis! Nicht nur im Hinblick auf unser Geschick, sondern auf das der Völker ...«
»Das verstehe ich nicht«, sagte Narziß.
»Und doch«, sagte der Baron, »ist es eine Frage, die dich vor allen anderen hätte beunruhigen müssen und die eigentlich heißt: Zu welchem Zweck soll man sein Blut vergießen für Menschen, die sich so sehr an die Knechtschaft gewöhnt haben, daß sie sich nur unter Tränen von ihr trennen? Die Fesseln, glaubt' ich bisher, schmeckten nur den Verliebten.«
»Während du jetzt bemerkst«, warf Cirillo ein, »daß die Freiheit bei einem alten Sklaven ein beinahe unerträgliches Schwindelgefühl hervorrufen kann.«
»Wollt ihr etwa sagen«, der Soldat erhob sich erneut, diesmal beinahe bedrohlich; »wollt ihr sagen, daß den Millionen Menschen, für die wir unseren Kopf hinhalten, dieses unser Geschenk, sie frei zu machen, wenn nicht hassenswert, so doch ungelegen erscheinen könnte? Wollt ihr das sagen?«
»Ja, das«, sprach der Baron, ohne aufzublicken. »Und dieser Zweifel ist heikler, als es den Anschein hat. Denn daraus geht hervor, daß wir uns den Tod, da er vergeblich ist, auch ersparen könnten, und sei's durch einen unbilligen Pakt.«

»Auch du bist versucht, zum Judas zu werden!« murmelte der Junge und schien glücklich und unglücklich zugleich. »Seht«, sagte er dann zu den anderen, »die Mißgeschicke, die wir einander erzählen, seien sie nun erfunden, wahrscheinlich oder wahr, liefern uns beinahe von selbst Vorwände und Anstöße zur Kapitulation... Also bin ich's nicht allein, der zittert! Obschon ich, bei Gott, nur in der Enge meines Gewissens zittere, ohne eine Romanze dranzuhängen mit Seufzern und mit Tränen und dem Geschick des Menschengeschlechts. Ich treffe meine Entscheidung unverhohlen zwischen Verrat oder Treue, zwischen Leben oder Sterben... Ein Würfelspiel gegen mich selbst; der Einsatz ist die Ehre, Gott der Schiedsrichter.«

Agesilao räusperte sich: »Spitzfindigkeiten liegen mir nicht, ich bin Soldat. Aber eines sehe ich klar: Wir waren von der Aufgabe ausgegangen, uns von einem Glück in unserem Leben zu erzählen, um es dann bis zum Ende in unseren Augen zu hüten; oder, um ein letztesmal mit Worten außerhalb dieser Mauern unterwegs zu sein; oder auch zum Zeitvertreib, als Bekenntnis, zum Verständnis unser selbst... Aber es kommt mir vor, als verfolgte jeder einen schändlichen Hintergedanken und liebäugelte, ohne es zu sagen, damit in seinem Herzen. Mit anderen Worten, wenn ich ehrlich sein soll, ich fürchte, hier blicken sich, verstohlen einander vergleichend, vier Feiglinge in die Augen...«

Es entstand ein schmerzliches Schweigen, das Frater Cirillo schließlich brach, der mit einem frohen Leuchten in den Augen zugehört hatte, soweit durch die Spalte zwischen den Lumpen und den getrockneten Blutklumpen überhaupt etwas durchschien.

»Ich«, sagte er, »brauche den Namen, da ich ihn nicht weiß, nicht zu gestehen und bin erhaben über jeglichen Verdacht. Es gibt keinen Freibrief für meine Schuld und keinen Ausweg für meinen Kopf. Eines aber kann ich euch von diesem neutralen Richterstuhl aus sagen: Ihr seid nicht die ersten, wiewohl ihr es stolz wähnen mögt, denen es auferlegt ist, zwischen zwei Extremen zu wählen. Und es verwundert mich bei dir, Agesilao, der du in der Theologie bewandert bist und die Moraldoktrin des Ignatius von Loyola kennen müßtest, nach deren Gebot es erlaubt ist – so die Gründe, welche uns die Freiheit bringen, offensichtlicher und wahrscheinlicher sind als die, welche für die scheinbare Pflicht sprechen –, gegen die Pflicht zu handeln...«

»Auch wenn daraus für einen anderen mehrfacher Tod entspränge?« sagte tückisch der Soldat.

»Nun denn, vier Leben auf einer Waagschale wiegen viermal soviel wie ein einziges auf der anderen.«

»Ein einziges in der Gegenwart, aber Tausende und Abertausende in der Zukunft. Und mit ihnen das Wohl der Völker, der Glaube an das Staatswesen...«

Frater Cirillo zuckte die Schultern: »Und trallalì und trallalà! Nichts als Flausen, die keine Unze eures Blutes wert sind. Und ihr wißt es selbst, denn je näher der Augenblick eures Opfers rückt, desto schwerer wiegt euch euer Lebensblut in den Adern, und desto nichtiger und hohler erscheint

euch die Wolke des sublimen Gefasels. Deshalb seh
ich euch so verstört vor den Schalen der Waage
stehen...«

»Wir könnten«, unterbrach ihn der Dichter, »die
Entscheidung dem Fall einer Münze überlassen. Erscheint die Vorderseite, so sprechen wir und bleiben
am Leben. Erscheint die Rückseite, so lassen wir uns
schweigend kreuzigen.« Dann, mit größerem Ernst:
»Diese Schwankungen unseres Willens machen uns
begreiflicherweise zu schaffen, auch wenn wir uns
noch vor kurzem so standfest wähnten und so feierlich fühlten. Denn der Tod ist ein Wunderding, das
einen bestürzt macht, sobald man es aus der Nähe
beriecht. Aber andererseits vergrößern wir ihn über
Gebühr, wie das ängstliche Auge des Wanderers im
Schatten der Nacht statt des Gesträuchs im Unter-
holz Riesengestalten erblickt.«

»Womit wir zu unserem Ausgangspunkt zurückgekehrt wären«, meinte dickköpfig Cirillo. »Ob euer
Tod der SACHE nützt oder nicht. Hic Rhodos, hic
salta.«

»Mir kommt dabei«, sagte der Baron, »die Frage des
Chevalier de Méré an Pascal in den Sinn: wie man
nämlich den Einsatz unter die Spieler verteilen soll,
falls das Spiel abgebrochen wird, wenn einer von
ihnen im Vorteil ist...«

»Was soll das heißen?« Die ahnungslosesten Ein-
würfe kamen immer von Narziß.

»Daß das heute abgebrochene Spiel unser Leben ist
und es bei uns liegt, Gewinn und Verlust unter uns zu
verteilen, nach den Berechnungen Pascals...«

»Der Vergleich hinkt«, widersprach Saglimbeni. »Ich

will mich ebenso an Pascal halten und würde lieber seinen berühmten Lehrsatz – Die Kraft, die auf einen Punkt einer geschlossenen Flüssigkeit drückt, drückt in gleicher Weise auf alle übrigen Punkte – aufs Moralische anwenden. Wenn wir dann als Flüssigkeit unser Blut annehmen, das zu vergießen wir uns anschicken, dann ...«

»Laßt euch daran erinnern, daß es fünf Uhr ist«, sagte der Soldat.

»Und daß der Augenblick gekommen ist, das Versprechen unserer Wahl zu erfüllen. Wir haben mit der schamlosesten Freimütigkeit darüber gesprochen. Aber nun bleibe jeder eine Minute mit sich allein und entscheide sich.«

Mit diesen Worten erhob sich der Baron und nach ihm die anderen drei. Darauf blieb er mit geschlossenen Augen schweigend stehen; während Cirillo, auf sein Bett ausgestreckt, sie einen nach dem anderen musterte. Nach einer kleinen Weile näherten sie sich hintereinander dem Tisch der Enthüllungen, wo Ingafù als erster das weiße Papier, nachdem er mit fester Hand eine Zeile darauf gezeichnet, in die Öffnung steckte. Die anderen folgten gelassen, so sah es aus; mit verzweifelter Miene nur Narziß, so sah es aus.

»Nun, da dies getan ist«, sagte voll Ernst der Baron, »bist nun noch du an der Reihe, Frater. Dann möge alles seinen Lauf nehmen.«

XIII   Diabolus ex Machina

»Nein, mein Leben werde ich euch nicht erzählen«,
sagte Frater Cirillo. »Ihr würdet mir doch kein Gehör schenken oder nur zerstreut hinhören. Mehrmals
habe ich in den letzten Minuten gesehen, wie ihr das
Kästchen auf dem Tisch anstarrt, in das ihr euer
Geschick eingeworfen habt. Wobei ihr euch vermut-
lich fragen werdet, ob der MUND DER WAHRHEIT sprechen wird; und wenn ja, mit wessen Stimme; und
wenn nicht, wie zuträglich euch das Schweigen ist. –
Nun zu den Geschichten, die ihr erzählt habt: Es war
wohl doch keine gute Idee von mir, euch solch nächt-
liches Dekameron vorzuschlagen, da nichts anderes
dabei herausgekommen ist, als daß ihr euch gegenseitig gequält und euch bloßgestellt habt, in der ganzen
Trostlosigkeit eurer Beweggründe. Wie auch immer
jeder einzelne von euch das Dilemma gelöst haben
mag, ob er zum Verräter geworden ist oder nicht, ihr
alle habt, wenn auch nur für einen Augenblick und in
der Abgeschiedenheit eures Herzens, den Verrat
schon begangen; und solltet ihr sterben, so sterbt ihr
unzufrieden mit euch selbst, mit eurem Leben und
eurem Sterben. Ich weiß, daß ihr gestern den Gefäng-
niskaplan und die Tröstungen der Religion zurück-
gewiesen habt. Lohnte es dann die Mühe, selbstquä-
lerisch bei einem weltlichen Unbekannten, einem
Wegelagerer, einem Abtrünnigen eine Beichte abzu-
legen?«
In seiner Stimme klang ein so unerwarteter, spötti-
scher und zugleich heroischer Unterton mit, daß die

178

vier bestürzt aufhorchten. Auch weil aus dem Wust von Lumpen, der im ersten Schein des nun durch das Fenster stoßenden Lichtes auf bizarre Weise vom Hals losgerissen schien, eines jener blutbefleckten Laken sichtbar wurde, in die man die Fötusse einzuhüllen pflegt, bevor man sie auf den Kehricht wirft.

Die Stimme fuhr fort: »Es steht mir eigentlich nicht an, mich zu eurem Richter aufzuwerfen, nachdem der weltliche Hohe Rat euch verurteilt hat und der himmlische sich anschickt, dasselbe zu tun. Eines aber ist sicher, mag ich auch bis jetzt zuweilen das Gegenteil vorgetäuscht haben, ihr alle habt euch vor meinem Auge entblößt als böse, schwach oder dumm; fröstelnde kleinmütige Seelen, versteckt hinter prunkvollem Blendwerk. Du als erster, der seinen Vater entmannte und tötete; und dann du, der Witwen und Waisen verführte; du Kain mit der Maske Abels; du, verliebter Narziß, unwürdig eines Namens von so ausschließlicher und tragischer Einsamkeit ...

O ja, als euren Schutzteufel fühlte ich mich in dieser Nacht der Wunder, der prächtigsten Nacht meines Lebens. Verstecken spielend mit eurer Einbildung und mit euren Ängsten ... Und euch auch ein wenig schmeichelnd, wie ich euch nun sagen kann, um euch zum Schauspiel aufzuhetzen und mich selbst zu eurem Romancier und Zuschauer zu befördern. Denn auf zwei entgegengesetzte Weisen habe ich mich eurer bedient: bald lenkte ich wachsam eure Fäden, bald saß ich in aller Ruhe vor euch und genoß eure theatralischen Darbietungen; bald Gegner, bald Spießgeselle; ohne je zu zeigen, wer ich wirklich war:

der Puppenspieler, der euch alle in der Hand hatte ...
Aber in meinem Innersten immer rasend vor Wut, da
ich euch auf der Schwelle zur Finsternis die großen
Fragen – Gott, das Böse, den Tod – mit den kleinen,
menschlich alltäglichen – König, Verfassung, Glück,
Rettung, Anstand – mischen hörte ...«

»Dir dienen unsere Geschichten nur zum Spott«,
fuhr aufgebracht der Soldat hoch, aber Saglimbeni
wies ihn mit einem Wink zurück.

»Laß ihn reden, so ganz ohne Sinn ist sein Gefasel
nicht ...«

Das Licht war inzwischen kühner geworden und
hing in langen grauen Strähnen vor den Gitterstäben.
Ein Rauschen gab zu verstehen, daß es wieder angefangen hatte zu regnen; ein sonnenloser Morgen
kündigte sich an.

»Also gut, fahre fort, du machst mich neugierig«,
sagte der Baron, während sich aus den unterirdischen
Verliesen der Narr mit seinem gewohnten Kikeriki
wegen der Entfernung nur kläglich vernehmen ließ.

»Petrus wartete nicht, bis der Hahn krähte«, meinte
Cirillo. »Einer von euch hat es ihm vielleicht gleich-
getan ...«

Der Baron zuckte die Schultern: »Du wirst es bald
sehen, wenn die Urnen aufgebrochen werden. Inzwischen aber gib Frieden, da du uns so sehr verachtest
und unsere Geschichten so sehr tadelst, und schlafe,
wenn du kannst.«

»O nein«, fuhr Narziß hoch. »Wir sind nicht in der
Lage, uns beleidigt zu fühlen. Und das Schweigen,
während wir auf den Gouverneur warten müssen,
wäre schrecklich. Rede, ich bitte dich, auch wenn du

180

uns nicht deine ganze Geschichte im Zusammenhang erzählst, so gib uns durch ein paar Bruchstücke da und dort Kunde von dir.«

Cirillo beruhigte sich, wie sich ein Kind beruhigt. »Unter dieser Bedingung schon. Weiß ich doch, daß ich mich in verläßliche Ohren ergieße, die alsbald auch die allerdiskretesten und allertaubsten sein werden. Eigentlich dürfte ich euch nicht unbekannt sein: Wer ich bin, habt ihr tausendmal gelesen, an allen Straßenecken, auf allen Plakaten, die für meinen Kopf oder meine Gefangennahme Säcke voll Gold verhießen. Und ihr werdet ebenso gelesen haben, daß ich ein siebzigjähriger Alter bin, dem seine Helfershelfer wegen der Ähnlichkeit mit dem alten Fra Diavolo oder vielleicht noch mehr wegen meiner Sucht nach frommen Übungen, die ich aus den Brustwarzen meiner Mutter sog, den Beinamen Frater gegeben haben. Die frommen Übungen habe ich nie versäumt, nicht einmal bei den unheilvollsten Wechselfällen oder bei meinen hochmütigsten Zerwürfnissen mit dem HIMMEL. Es geschah nämlich nicht selten, daß meine Hände sich, noch mit Blut beschmutzt, zum Gebet falteten. Wie ich zum Räuber geworden, trällert das Volk in allen Gassen, und der Gassenhauer erzählt, wie ich jung, reich und gelehrt, zu Neapel, wo es deren hervorragende gibt, für einen vortrefflichen Philosophen gehalten, mich mit der schönen Nymphe Carafa vermählte. Die ich übers Jahr in den Armen des erstbesten Hofschranzen überraschte, und wie ich beide mit Messerstichen durchbohrte. Darauf eilte ich in die Berge und schloß mich der Bande der Vardarelli* an und übte mich mit ihnen in den heftigsten und kräftigsten Kühnheiten des Leibes und der Seele; als dann die Vardarelli tot waren, wurde ich ihr Nachfolger und zog an der Spitze einer zusammengewürfelten, mit Sensen und Äxten bewaffneten Schar durch die ganze Gegend. Als euer Mitstreiter nach dem Leben strebend wie ihr, wenn auch auf wahnwitzigere und grobschlächtigere Weise: die üppig blühende Herrschaft über die Nation von Grund auf zu zerstören. So besingt man mich in etwa, und vielleicht ist nicht alles genauso gewesen, aber mir fehlt die Lust, mehr darüber auszuplaudern. Als reuloser Sünder stehe ich vor aller Augen, aber ich verlange keine Absolution, sondern erteile sie mir selbst. Denn seit vierzig Jahren wird jede meiner Taten durch die unwiderstehliche Kraft der ihr vorangehenden bestimmt, wie wenn ein Felsblock, der von der höchsten Stelle eines langen Bergabhangs herunterstürzt und, selbst wenn er es wollte, nicht innehalten könnte; außer ein Tal würde ihn aufnehmen und seinem Lauf Einhalt gebieten. Wie es uns und unserem Lauf in einer Stunde geschehen wird. Nicht bevor ich mit lauter Stimme die Ungerechtigkeit meiner Geburt angeklagt habe: dieselbe, Agesilao, die du dunkel an deinem Vater gerächt hast, und noch eine, größer als die erste: daß weder ich noch du, noch irgendeiner eindeutig er selbst ist, ein felsenfestes, unerschütterliches, verantwortliches ICH besitzt. Denn mein Leben war – nicht weniger als die euren, o meine Feinde und Brüder – nichts anderes als ein fließendes Verstreichen vorläufiger Gemütszustände in einem zahllosen SELBST ... Nichts anderes erflehte ich wohl jeden Abend von Gott, als schließlich in dem Namen Cirillo und in dem einsamen, unvergleichlichen Schicksal Cirillos fortzubestehen... ohne spüren zu müssen, daß mir beide, jener Name und jenes Geschick, wie Wasser durch ein Sieb nach allen Seiten wegflossen. So hatten meine wahnwitzigsten Gemetzel allein diesen Zweck: mich davon zu überzeugen, daß ich existierte durch den Schmerz, den ich den anderen zufügte. Und nun stehe ich vor dem Schluß: nicht anders als ihr. Denen dasselbe Los zuteil wurde. Und wie ich eben gehört, seid auch ihr – der eine mehr, der andere weniger – in ähnliche Rollen- und Personenwechsel, Schattenmanöver und Blindekuhspiele geraten wie die, aus denen sich mein Leben zusammengesetzt hat: so gleichen wir, ich und ihr, den vereinzelten herausgerissenen Fetzen eines verschollenen Registers; Komparsen, ich und ihr, desselben Stücks, das nicht zu Ende geht, Masken einer exzentrischen und verhaßten Verwechslungskomödie...«

»Demnach«, empörte sich Narziß, »wäre unsere noble Nachtwache nichts anderes als eine Maskerade?«

Und Ingafù, den die Predigt offenbar nicht besonders ergriffen hatte, meinte: »Besser als wir hätte über derlei Schrullen Baron Pasquale Galluppi, ein einstiger Freund von mir, räsoniert. Ich entsinne mich noch, daß er mir einmal auf einem Spaziergang von einigen griechischen Gefangenen erzählte, die, von Geburt an in eine Höhle eingeschlossen, nur Schatten an der Wand erblickten und diese als wirklich ansahen. Aber Galluppi, so hab ich gehört, ist tot...«

»Die Wahrheit, nun, wie kann man die erfahren?«
trällerte Saglimbeni und erklärte: »Rossini, *Gelegen-*
heit macht Diebe, Arie der Berenice...«

Frater Cirillo schüttelte den Kopf und sagte zum
Baron: »Oh, ich hatte nicht den Ehrgeiz, wie ein
Philosoph zu reden, wollte eigentlich nur sagen, wie
wechselhaft gemischt und verquickt ich mir vor-
komme und daß ich demütigst hoffe, Gott möge
mich binnen kurzem bei sich aufnehmen und in seinem einzigen, unverwechselbaren ANTLITZ in nichts
auflösen...«

Saglimbeni ließ sich nicht einschüchtern und wollte
offenbar die Angst durch sein Geplauder bannen:
»Kennt ihr die lumpigen Verse, die ich vor ein paar
Jahren geschrieben habe und die haargenau von Ge-
mischtem und Verquicktem handeln?« Und er deklamierte:

> Es mag dir manches glücken,
> bleibst du nur streng und harsch,
> doch nie wirst du verquicken
> die Brennessel mit dem Arsch...

Der Baron aber sagte: »Du warst noch keine drei
Jahre alt, als dieser Gassenhauer an allen Straßenecken zu hören war«, und der Dichter verstummte
ohne weiteres.

»Noch eine Stunde«, sagte Agesilao, da er den Wachposten herannahen hörte. »Es ist sechs.« Und er verschanzte sich hinter einem Gedanken.

»Die Brennessel mit dem Arsch«, lachte der Frater
schlüpfrig. »Ja, genau wie in diesen ordinären Rei-

men versuchen sich in mir vier oder fünf Ungleiche vergeblich zu verquicken: der Betbruder und der Komödiant, der Deist und der Mörder, manchmal auch der Volksapostel ... Unbegreiflicher bin ich mir selbst als den Mitgliedern eures Geheimbundes der unbekannte *Gottvater* ...«

»Wer weiß, ob er in diesem Augenblick fürchtet, wir könnten ihm die Treue brechen ...«, murmelte der Baron und senkte die Augenlider; er schien plötzlich weiß Gott wo zu sein.

»Könnte er sich nicht vorsichtshalber inzwischen in Sicherheit bringen?« fragte Cirillo halblaut Narziß.

Der Junge hielt sich nicht zurück: »Das ist unmöglich, wo er ist. Er könnte nicht einfach aus der Öffentlichkeit verschwinden, das gäbe einen Skandal.«

Und Cirillo: »Natürlich, bei Hof fällt jede Abwesenheit auf ...« Und da Narziß nickte: »Außer man ersucht beim Herrscher um die Erlaubnis, auf Reisen außer Landes gehen zu dürfen, wie es vorgeschrieben ist. Und wenn nicht beim König, dann beim Bruder des Königs ...«

Nun hörte ihm nur noch Narziß zu. Die anderen verharrten reglos, starrten vor sich hin, als wäre mit einem Schlag eine Betäubung oder der Schlummer über sie gekommen.

»Beim Bruder des Königs«, fuhr Cirillo fort, und seine Stimme klang einschmeichelnd wie das Geplätscher eines Brunnens, »der doch ganz wild auf Reisen ist und nicht mit Audienzen geizt ...«

»Wer, der Graf von Syrakus?« sagte der Junge. Dann

unachtsam: »Das läßt sich machen, läßt sich ohne weiteres machen. Der *Gottvater* müßte dazu nur sein Spiegelbild um eine Audienz bitten...« Und er verzog seine Lippen, die schlaff und spröde vom Fasten und Wachen waren, zu einem Grinsen. Merkwürdig, wie er von Minute zu Minute häßlicher und älter wurde.

»Der *Gottvater* bittet den Grafen von Syrakus um eine Audienz!« wiederholte er, und dabei puffte er mit dem Ellbogen seine Gefährten, die auf demselben Bett aneinander lehnten, alle viere von sich streckend und selbstvergessen wie die Wächter an Jesu Grab.

»Eben, wie sollte er sich selbst um eine Audienz bitten können?« lachte Cirillo, und Narziß lachte mit. Aber nicht länger als einen Augenblick, und auch die anderen hatten gar nicht die Zeit zu begreifen, was vorgefallen war, als sie das Siegesgeschrei des Fraters vernahmen:

»Gut, mein Junge! Dein Lachen beweist mir genug. Ich habe dich geschlagen, nun brauch ich dich nicht mehr!«

Seine Stimme klang auf einmal anders; anders, doch dem Ohr der Gefangenen vertraut. Die erwachten nun und sahen, wie sich der Frater erhob, kaum zu glauben, wie geschmeidig, zur Tür ging und dort dreimal mit kategorischem Knöchel klopfte.

Bewaffnete traten ein und besetzten die Ecken des Raumes, in dem Augenblick durchschaute das Gedächtnis der vier blitzartig das Geheimnis jener Stimme. Er war aber schon dabei, sich die falschen Verbände von der Stirn zu lösen. Eine buschige Perrücke fiel ihm mitsamt der letzten Binde vor die

186

Füße, und zwischen verschmierter Schminke und verschwitzten grauen Haarsträhnen entblößte sich die steinerne Weiße eines blinden Auges. In dem Augenblick erkannten mit Entsetzen und Ekel der Student, der Baron, der Soldat und der Dichter unter den abgefallenen Binden und den aufgelösten Stoffetzen die wohlbekannte Fratze des Gouverneurs.

»Sparafucile!« riefen sie im Chor, und es war nicht zu ersehen, ob vor Fassungslosigkeit oder Erleichterung ihre Augen feucht schimmerten und ihre Stimmen keuchten.

Er zog aus seinem Gewand ein schwarzes Tuch hervor und band es schützend vor sein sieches Auge, dann einen kleinen Schlüssel, um das eiserne Kästchen aufzuschließen. In der Zelle wurde es still. Die Soldaten hatten die Fackeln wieder angezündet, obwohl man nun schon gut sah und ihre Flammen im Vorrücken des Tageslichts verblaßten. Langsam schloß Sparafucile den Schrein auf, zog die Zettel heraus und wog sie in der Hand.

»Ich wäre nicht dazu verpflichtet«, sagte er, »nun, da ich den Namen der Hydra weiß, aber kraft eines ungeschriebenen Gesetzes bleibt mein Versprechen bestehen: Wenn einer von euch willentlich ein Geständnis abgelegt hat, seid ihr alle gerettet.«

Er begab sich ans Fenster und las mit seinem gesunden Auge.

»Ich hätte es bedauert«, sagte er nach einer Weile, »wenn ihr gesprochen und damit meinem Unterfangen Erfolg und Zweck genommen hättet.« Dann mit dumpferer Stimme: »Ich lasse euch eine knappe

Stunde, um mit diesen euren Flüchen zu prahlen«, und er wies auf die Zettel. »Eine Stunde, um euch gegenseitig Beifall zu klatschen. Aber hofft auf keinen Fall, daß eure Flüche überleben oder in die Geschichte eingehen werden.« Mit diesen Worten zerriß er die Zettel in winzige Stückchen.

»Ich hatte nur *merde* geschrieben«, sagte friedlich der Baron, »was noch dazu ein Plagiat war.«

Sparafucile mußte wieder lachen: »Ich jauchze und juble«, sagte er, »denn daß ich eure Wut entfesseln würde, dessen war ich von vorneherein sicher, und wie ihr gesehen habt, bin ich krumme und verschlagene Wege gegangen, um euch zu bezwingen. Nun, da ich weiß, an welcher Stelle unmittelbar zu Füßen des Thrones die Hydra zusammengeduckt ist, bleibt mir nichts anderes übrig, als ihr inzwischen die Fangarme in meiner Nähe abzuschneiden und auf den Meeresgrund zu schicken, wohin ihnen schon gestern der wirkliche Cirillo vorausgegangen ist.«

Mit einem Schlag verstummte er. Nach dem nächtlichen Waffenstillstand hatte sich die Maus in seinem Schädel wieder gemeldet, wenn auch so gutmütig, daß er vermutete, sie wolle Abschieds- oder Friedenssignale geben, wie wenn uns nach einem Gewitter ein verspäteter Tropfen auf die Stirn klatscht oder der Pfeil eines abziehenden Parthers uns kraftlos vor die Füße fällt.

Er strich sich mit den Händen über die Schläfen, beinahe als wären es die Wangen eines trostbedürftigen Kindes, dann sagte er zuversichtlich und laut zu sich selbst: »Es wird alles recht werden« und zu den vieren mit plötzlicher Betrübtheit: »Gehen wir also, ich ins Leben, ihr in den Tod, weiß Gott, wer einem besseren Geschick entgegen.«

»Ich habe Angst«, murmelte Narziß.

»Es ist alles aus«, sagte Agesilao, und der Dichter nickte. Der Baron aber sagte: »Wer weiß.«

XIV Die Botschaft einer Brieftaube, gefunden von einem Jäger

Testament des Consalvo De Ritis

Ich, der Unterzeichnete, Consalvo De Ritis, Ritter von Putigliano, gesund an Körper, wie ich mich fühle, und an Geist, wie ich mutmaße, sowie in dem unerschütterlichen Bewußtsein, daß ich am Ende meines Lebens angelangt bin, ernenne meinen HERRSCHER und KÖNIG zum Universalerben aller meiner beweglichen und unbeweglichen Güter, welcher Natur sie auch sein mögen, die ich in der Minute meines Sterbens zurücklasse, damit Er sie genieße und über sie als sein Eigentum verfüge, von jener Minute an gerechnet.

Außerdem ist es mein Wille, daß mein Leib, zum Leichnam erkaltet, in der Kirche von Montecalvario beigesetzt werde, der ich den Betrag von dreißig Gulden in purem Gold vermache, mit der Bitte, sie als Almosen zu verteilen.

Frieden meiner Seele.

Unterzeichnet:
Consalvo De Ritis

Gegengezeichnet:
Aniello Balestra

Brief des Obengenannten an seinen König

Ich, Consalvo De Ritis, Ritter von Putigliano, begleite mit folgendem Erklärungsschreiben meinen eigenhändig niedergeschriebenen letzten Willen, der wie ein Testament, das die Notare ein mystisches nennen, im Vertrauen gegengezeichnet ist von meinem Burschen Balestra; dem es auch überreicht wurde, damit er es persönlich Eurer Majestät untertänigst zu Dero hehren Füßen lege.

Aus Furcht und beinahe in der Überzeugung, dem Mann könne durch feindliche, eifersüchtige Hand ein Leid widerfahren, so daß er nicht zum Ziel kommt, werde ich ein zweites Exemplar an den Flügel einer Brieftaube heften, wie man es bei den geheimsten Depeschen zu tun pflegt; in der Hoffnung, sie möge den Wirren des Himmels und den Fallen der Leuchtturmwärter entkommen, die Insel glücklich verlassen und zu ihrem Bestimmungsort gelangen.

Die Sendung, die ich vorsichtshalber beschreibe, ist sechseckig gefaltet, mit rotem spanischem Lack versiegelt, in dem mein Wappen eingedrückt ist: ein Kamel, das aus einer Pfütze säuft, sowie die Inschrift: *Il me plaît la trouble.* Ein prophetisches Motto, von meinem Ahnherrn beinahe als Glosse zu meinem Leben gewählt, denn auch ich habe, gleich dem Wüstentier, niemals aus einer Quelle getrunken, die ich nicht vorher mit Füßen getreten, getrübt und beschmutzt hatte ... Darüber führe ich Beschwerde, einesteils gegen die Natur, die mir ein so ratloses und zugleich fanatisches Wesen mitgegeben hat; andernteils gegen die heutigen Zeitläufte, die aus einem

Allerlei zusammengesetzt sind, wo jeglicher Grundsatz schwankt und dem Gläubigen entschlüpft. Auch wenn die Garnisonsoffiziere nicht ins Schwarze treffen... ich glaube sie schon zu hören, wie sie morgen beim Requiem einander vertraulich zuflüstern, sie hätten mich in den letzten Monaten merkwürdig gefunden, in Aussehen und Tun, schwatzend und schreibend des Morgens, stumm und finster des Abends. Mancher wird wohl zischeln, dessen bin ich sicher, ich hätte völlig den Verstand verloren...

Ob sie mich zu Recht oder zu Unrecht beschimpfen, Eure Majestät möge der Richter und dieser Brief der Zeuge sein. Gelitten habe ich freilich an Leib und Geist. Am Leib wegen eines Tieres – einer Bremse? einer Schabe? einer Ratte? –, das vor langer Zeit in den Trichter meines Ohres kroch, während ich unter einem sommerlichen Baume schlummerte. Durch blinde Windungen kam es in mein Gehirn und nahm dort Wohnung und ließ sich häuslich nieder. Dann wuchs es und wuchs und dehnte sich aus in alle meine Glieder: es wurde mir so vertraut, daß ich ihm den Namen Mostazzo gab und es mir mit einem Schnurrbart vorstellte, es so rufe, zurechtweise und anflehe, ohne begreifen zu können, ob ich seine traute Höhle bin oder eine Falle, die hinter ihm zugeschnappt. So entstand in mir die Schwarzgalligkeit und die Melancholie, düstere Träume und Wahnsinnsgedanken...

Hier kommt der Punkt zum Vorschein, wo die Krankheit ins Geistige umschlägt und wo Senfpflaster, Blutegel oder Kirschlorbeerwasser nichts mehr helfen... Denn seit Baron Ingafù und die Seinen öffentlich hingerichtet; und seit ich selbst die große Intrige, die in den innersten Räumen des Königspalastes nistete, angezeigt; und seit der Graf von Syrakus sofort darauf in Schimpf und Schande des Landes verwiesen, obschon er sich empört des Verrates unschuldig erklärte, seitdem sucht mich, der ich doch Grund und Ausführung der Anklage geliefert habe, ein Zweifel heim, der sich bald mit giftiger Galle gemischt hat und mich so peinigt, daß mir, um ihn nicht mehr aushalten zu müssen, der Tod als der einzige Ausweg erscheint.

Eure Majestät weiß wohl, da von mir zu seiner Zeit benachrichtigt, daß ich mich in einer Verkleidung in die letzte Nachtwache der Verurteilten einschlich und ihnen schließlich das Zauberwort entriß, das den Schlupfwinkel der Verschwörung aufdeckte. Etwas anderes weiß Eure Majestät nicht, da ich es erst heute gesenkten Blicks gestehe: daß ich nämlich die mutmaßliche Schuld durch falsche Indizien erhärtete, die ich selbst ausstreute und selbst, als wär's ein Zufall, im Jagdschlößchen des Beschuldigten sammelte. Ein eigenmächtiger Schritt, zu dem ich mich höchst ungern entschloß, den ich jedoch für notwendig erachtete; wozu ich mich in der diamantenen Schärfe und Klarheit meines Urteils verschanzte. Während ich aber in der Folgezeit jene Stunden, in denen so viele Worte gefallen, in meinem Sinn hin und her wälzte, meldete sich hinter meinen Schläfen ein Quälgeist, der mich immer mehr peinigte, als mir nach und nach rasche Blicke, flüchtige Ränke zwischen dem Baron und den Seinen und noch verschiedene andere Zeichen von Lug und Trug in den Sinn kamen. Ich fürchte, um es in aller Klarheit zu sagen, daß ich in Wahrheit nicht der Spötter, sondern der Verspottete bin und, als Fuchs verkleidet, in eine tödliche Marderhöhle geriet. Hatten sie denn nicht von Anfang an gemerkt, wonach ich trachtete und wer ich war? Hatten sie denn nicht allein deshalb geschwiegen, um mir den Namen eines Unschuldigen einzuflüstern, wobei sie meiner Eitelkeit vorgaukelten, ich hätte ihn selbst entdeckt? So daß ich den Herrscher, nachdem der Thronfolger durch verhängnisvollen Schein in Ungnade gebracht, dazu aufhetzen konnte, sich seiner selbst zu entledigen, wodurch ich mehr zur Auslöschung der Dynastie beitrug, als wenn ich eigenhändig eine Höllenmaschine in einem Rosenkorb versteckt hätte.

Zu alledem gesellt sich noch ein Skrupel und läßt mir keine Ruhe: Ich habe den Fehler gemacht, mich in der Gestalt Cirillos unterrichtet zu zeigen über die geheime Gnade, die Consalvo ihnen versprochen. Von da an, dessen entsinne ich mich, tuschelten die vermaledeiten Übeltäter miteinander, tauschten Zeichen aus, und so ging es bis auf die Stufen zum Schafott, wo sie mir ironische Blicke zuwarfen, bevor sie den Kopf unters Fallbeil legten ...

Was soll ich noch sagen? Daß ich vielleicht jetzt noch in selbstquälerischem Schweigen verharren würde, wenn nicht eine Fahndung meiner Sendboten innerhalb und außerhalb des Königreichs (aber kann ich mich denn auf sie verlassen? oder sind selbst sie zu meinem Verderben verschworen?) mir die Augen vollends geöffnet und gleichzeitig den Sinn verwirrt hätte? Ihre Berichte bescheinigen mir, von den Zwil-

194

lingsbrüdern Ingafù sei der ältere in Paris verschieden und nicht der jüngere; nicht durch eine Kugel ins Gesicht, sondern eigenhändig aufgeknüpft an einem Ast im Wald; Narziß sei nicht von zu Hause geflohen, sondern verjagt worden, weil er mehrmals seine Schwester Olympia zur Sünde verführt habe; Agesilao habe wohl einen Vorgesetzten niedergemetzelt, aber wegen verworfener Weiberhändel... Ganz zu schweigen von Saglimbeni, dem ich schon selbst hinter die Schliche gekommen war. Daraus erwächst mir das Bewußtsein, die vier haben mich nicht nur hintergangen, sondern auch verhöhnt, indem sie mir in allen ihren Geschichten Scharaden und hinterlistige Chiffren vorgaukelten, die alle den ewigen Refrain von Sein und Schein anstimmten, von dem ewigen Maskenball auf Erden, der sich immerwährend dreht und auf dem wir alle tanzen... Indem sie mich schließlich wie ein Knäblein so weit brachten, daß ich mir als ersehntes Wild die Person vorstellte, die sie im Sinn hatten: zu diesem Zweck erzählten sie mir bald von deren Sprachfehler und Spielleidenschaft, bald von deren freiem Verkehr bei Hof und Ähnlichkeit mit dem Medici Lorenzaccio... So daß ich, die Indizien zusammenzählend, von selbst und allmählich der Blendung anheimfiel. Eine schwere Kränkung für meinen Stolz, was mich aber weniger brennt als die Gewissensbisse, daß ich meinem König, Gutes mit Schlechtem vergeltend, ein schlechter Diener war.

Es sei denn..., es sei denn, die Kerle hätten es mit noch tückischerem Vorbedacht verstanden, uns als immerwährendes Vermächtnis den Schrecken zu hinterlassen: indem sie ein Hirngespinst ausbrüteten, eine unzerstörbare Vogelscheuche, um uns Spatzen zu verscheuchen. Ja, Majestät, dies nämlich behaupte ich: Ihren *Gottvater* hat es nie gegeben außer in ihren Reden und als Schreckbild, dem sie aus reiner Blasphemie diesen Namen gaben ...

O Majestät! In wilden Wirbeln zerfallen alle Dinge vor meinen Augen. Ich bin schon vorgerückten Alters und habe keine Angst vor dem Tod. Wohl aber davor, zum Gespött in einer Geschichte zu werden, die ich nicht durchschauen kann. Und doch, ich habe sie gekannt, diese Männer. Sogar bewundert als Anstifter großmütiger und großartiger Untaten und als sie die Folter beim Verhör steinernen Antlitzes ertrugen und als sie heldenhaft das Schafott bestiegen. Wenngleich in der letzten Nacht allzu menschliche Zweifel an sich selbst sie befielen und sie versucht waren, sich hinter lügnerischen Euphemismen zu verstecken; wenn sie gleich ihr Leben lang sich mehr wegen der Ketten sorgten als um den Hunger der Elenden, was ihnen durch meinen Mund Cirillo vorwarf. O weh, Cirillo, denn das ist meine letzte Schande, seitdem ich mich, meine Person verleugnend, in seine Kleider hüllte, bin ich so durchtränkt von ihm, daß ich oft seine Worte ausspreche und seine Gefühle empfinde ... Von mir selbst abgekehrt und vom Umgang mit jenen beinahe angesteckt, frage ich mich dann: Wer bin ich eigentlich? Und wer sind die Menschen? Sind wir wirklich, sind wir gemalt? Papierene Metaphern, ungeschaffene Bilder, nicht seiende Erscheinungen auf einer Bühne, wo eine Pantomime aus Asche aufgeführt wird, Seifenblasen aus dem Strohhalm eines bösen Zauberers?

Wenn es so ist, dann ist nichts wahr. Schlimmer noch: nichts ist, jede Tatsache eine Null, die nicht aus sich herauskann. Unecht wir alle, untergeschoben, aber unecht ebenso, wer uns lenkt oder zügelt, wer uns zusammenwürfelt oder trennt: metaphysisch nichts, wir und er blindlings gemischt von einem sich ständig wiederholenden Versehen; Karnevalsnasen auf Totenköpfen voller Löcher und Abwesenheit... Vor einem Jahr sah ich in Paris ein Gemälde. Es zeigte einen Affen in einem Atelier mit Pinsel und Palette. Sollten wir das sein, wir Geschöpfe aus Tränen? Das Gekleckse eines malenden Affen? Wenn nicht gleich Popanze, die in einem Zimmer zwischen zwei Spiegeln stehen?...

Aber trotzdem kommen mir in dieser Stunde tödlicher Verdüsterung, wo mir alle Dinge wie Schiffbrüchige abzudriften, alle Geschosse über einem Ziel aus Rauch zu zerfallen scheinen, ich weiß nicht wie, die sieben letzten Worte Christi auf die Lippen. Ich wage nicht, sie wieder auszusprechen zwischen meinen zitternden Zähnen, aber sie mögen mir unausgesprochen als Wegzehrung für meine Reise dienen. Nicht nur, um Barmherzigkeit zu erflehen (wenn je eine Maske sich einer anderen erbarmen kann), sondern um der Vergeblichkeit meines Seins den Duft ihrer brüderlichen Herzensangst zu schenken, in dem Augenblick, da ich mich über mein Nichtsein beuge, das schon gefräßig nach mir greift...

Denn schon naht die Morgendämmerung, ein Streifen zarteres Blau, wo die zwei Hälften des Vorhangs einander berühren, verrät sie mir. Das Gejammer der Esel an der Küste erstirbt langsam, bald werden kreischend die Möwen zum Riff der Ostküste zurückkehren, auf der Suche nach den Speiseresten, welche die Köche jeden Morgen hinauswerfen. Wie bald dies Jahr der Winter gekommen ist; schon spüre ich seine kalte Klinge an meinem Rücken. Vergeblich schiebe ich, da das Holz aufgebraucht ist, stoßweise meine Bücher in den Kamin. Ohne mich zu wärmen, verkohlen die Fürsten und Zauberer, die in ihnen wohnen: Atlas in seinem Schloß, Prosperus in seiner Höhle, Sigismund in seinem Gefängnis ... Ich werde verglühen wie sie, unter Knistern und leichtem Brandgeruch ...

Ich gewahre eine andere Stille in der Luft, als wären alle, Gefangene und Wärter, entweder verschieden oder auf Landurlaub oder geflohen und ich der einzige Überlebende auf der verlassenen Insel. Wenn ich ein letztes Mal hinausblicke in die Welt, dann sehe ich zwischen Himmel und Meer verschwommen einen feierlichen Fleck, dem ich, wie sehr ich mich auch anstrenge, keine Gestalt zu geben vermag. Fesselballon, Wolke, Engel? In meinem Sinn erscheint Agesilaos Tätowierung; ein durchbohrter Schmetterling, wie er sagte, in dem ich, um uns einen Flug zu weissagen, einen Fesselballon, eine Wolke oder einen Engel sehen wollte.

Aber nun Schluß mit dieser und anderen spitzfindigeren Allegorien. Ich habe nichts mehr zu schreiben, nichts mehr zu tun, außer dem einen. Auch besteht

keine Hoffnung, daß, die Kapuze übers Gesicht gezogen, Meister Smiriglio mit blutbespritzter Schürze
an meine Tür klopft, um mir die Hilfe seiner Hände
anzubieten.

Balestra oder wer immer mich später anzukleiden
hat, wird auf dem Bett zusammengefaltet meine
Galauniform finden: den dunkelblauen Frack, die
scharlachroten Hosen, die Orden, die Kappe, den
Degen ... Das volle Ornat eines Priestertums, dessen
Heiligkeit ich der verstummten Insel hartnäckig in
die Ohren schreie. Denn nun ist alles still auf der
Insel. Kein Hahn, nicht einmal der unechte, war
heute morgen zu hören. Still die Flut zu Füßen der
Festung, still Mostazzos Zahn in meinem Kopf.

Sollte ich alles geträumt haben? Sollte ich immer
noch träumen? Als hielte ich die Schnur eines großen
Bühnenvorhangs in der Hand, spüre ich mein Herz
bis zum Hals klopfen und vollaufen mit einem rasen-
den, unsinnigen Glücksgefühl ... Oder sollte verborgen in einem übermenschlichen Alphabet das Omega
der Dunkelheit, in das ich jetzt stürze, das Alpha
eines ewigen Lichtes sein?

In einem Augenblick werde ich es wissen, und in
demselben Augenblick werde ich nicht mehr wissen,
daß ich es weiß. Wenn ich, das Gewehr zwischen die
Beine geklemmt, den Fuß auf dem Hahn und den
Lauf zwischen den Lippen, die Stirn mit der weißen
Fahne umwickelt, das Krachen des Schusses hören
werde wie einen Schrei Gottes in der Stille des Welt-
alls.

Sachdienliche Angaben

Thema – In einem Gefängnis auf einer Insel – wahrscheinlich im Mittelmeer und wahrscheinlich bourbonisch – verbringt unter zweideutigen Bekenntnissen und Identifizierungsängsten eine Gruppe zum Tode Verurteilter ihre letzte Nacht.

Gattung – Je nach Wunsch: historische Phantasie; metaphysischer Krimi; moralische Legende.

Anachronismen und Anatopismen (Widersprüche in Zeit und Ort) – Wie in einem Atlas oder einer Chronik, in denen die Seiten vertauscht sind, und mit derselben Naivität, wie in den Opern aus Stockholm Boston wird und aus einem König von Frankreich ein Herzog von Mantua, liefert den Hintergrund für Daten, Orte und Personen hier ein Risorgimento mit leichten Verzerrungen.

Schreibweise – Worte in historischer Tracht, aneinandergereiht zum Zeitvertreib und mit Leidenschaft von einem Schlaflosen, der mit seinen Helden auf den Morgen wartet.

Hintersinn – Obschon sich der Verfasser einer geradezu elfenbeinernen »Unheutigkeit« befleißigt, kann er es nicht ausschließen, daß sich, seines Wissens oder Nichtwissens, eine öffentliche Stimmung oder Metapher aus der Gegenwart in seine Märchen eingeschlichen hat.

Schulden – Zwischen den fünftausend Zeilen des Textes versteckt und auf verschiedenste Weisen zum Zweck des Zeitkolorits manipuliert, gehen auf das Konto folgender Autoren etwa insgesamt 60 Zeilen: Gioberti (15), Duveyrier (12), J. De Maistre (8), Orsini (6), F. Buonarroti (3), Colletta (2), Stendhal (2), Ruffini (1), Manzoni (1), Leopardi (1), Mazzini (1)...

Widmung – (»A nous deux«) – Möge zweifach verstanden werden: als Trinkspruch des Verfassers auf sich selbst + XY; und als liebevolle Einschüchterung für den Leser.

G. B.

Kleines Glossar

Obwohl sich dieses Buch als ein phantastisches Nachtstück bezeichnen ließe und nach den Worten seines Verfassers nur ein »Risorgimento mit Verzerrungen« zum Hintergrund hat, soll der wißbegierige deutsche Leser doch über die eine oder andere historische Anspielung aufgeklärt werden, während die literarischen Lock- und Zwischenrufe seinem eigenen Spürsinn überlassen bleiben.

Risorgimento – Ähnlich wie in allen europäischen Ländern entstanden und entwickelten sich im Lauf des 18. und 19. Jahrhunderts auch in Italien revolutionäre Bestrebungen und Kämpfe um die politische Freiheit, die Unabhängigkeit (von der Fremdherrschaft) und die Einigung des Landes; zusammenfassend nennt man alle diese Bewegungen »Risorgimento«: Wiedergeburt, Wiederaufleben.

S. 16 u.v.a., *Sparafucile* heißt der Killer in Verdis Oper »Rigoletto«, die 1851 uraufgeführt wurde.

S. 66 und S. 136, *Carboneria, carbonari* – Die Carbonaria entstand etwa zur Zeit der Napoleonischen Besatzung in Süditalien, zunächst als eine der zahlreichen Geheimgesellschaften, wurde aber sehr bald zu einem rein politischen Bund, zur wichtigsten und revolutionären Trägerin der italienischen Freiheitsbewegung.

S. 88, Mit dem »*Grafen aus den Marken*« ist der italienische Dichter Giacomo Leopardi gemeint, dessen »Operette morali«, auf die hier angespielt wird, 1827 erschienen.

S. 91, *Giuseppe Fieschi* – Abenteurer aus Korsika (geb. 1790). Mit sechzehn Jahren im Heer Napoleons. Verübte 1835 ein Attentat auf Louis Philippe von Orléans, bei dem der König mit dem Leben davonkam, aber viele Unschuldige getötet oder verletzt wurden. Fieschi wurde verhaftet und 1836 mit der Guillotine hingerichtet.

S. 95, »*...der Genuese von London aus*« – Gemeint ist Giuseppe Mazzini: Denker, Verschwörer, »Patriot«, wohl der wichtigste Kopf der italienischen nationalen Freiheitsbewegung. 1805 in

Genua geboren, mehrmals zum Tode verurteilt, mehrmals im Exil in der Schweiz und in London. 1872 in Pisa eines natürlichen Todes gestorben.

S. 109, Die *Unaussprechlichen* und die *Erhabenen Vollkommenen Meister*: sektiererische Geheimbünde mit demokratischen Tendenzen.

S. 109, Die *Zispadanische Republik* wurde 1796 nach den Napoleonischen Siegen gegründet, sie lag südlich des Po, ihre wichtigsten Städte waren Bologna, Ferrara, Modena und Reggio Emilia. 1797 wurde sie mit der Zisalpinischen Republik zusammengeschlossen.

S. 109, *Capitanata* – So hieß ein Teil Apuliens (etwa die heutige Provinz Foggia). Der Name stammt von den *catapani*, den Beamten aus der Zeit, als das Gebiet unter byzantinischer Verwaltung stand.

S. 136, *Quadrilatero* – So hieß das viereckige Territorium mit den vier Festungen Peschiera, Verona, Mantua und Legnago, wo die Österreicher nach der Restauration ihr Befestigungsbollwerk in Venetien errichtet hatten; es war begrenzt durch die Flüsse Mincio, Po, Etsch und später durch die Eisenbahnlinie Mailand-Venedig.

S. 145, *General Murat* – Ein Schwager Napoleons, der 1808 von diesem zum König von Neapel ernannt wurde; er herrschte bis zum Wiener Kongreß 1815 über das Königreich Neapel.

S. 150, *Torremuzza* – Gemeint ist wohl der Fürst Torremuzza aus Palermo (1727-94), bekannt auch als Historiker und Konservator der antiken Denkmäler Siziliens.

S. 150, *Romeo* – Wohl Giannandrea Romeo (1786-1862), Patriot und Freiheitskämpfer aus Aspromonte.

S. 181, *Bande der Vardarelli* – Gaetano Vardarelli war ein Bandit aus Apulien, der Anfang des 19. Jahrhunderts zusammen mit einem Bruder und anderen Verwandten eine etwa vierzigköpfige Bande anführte, die mit der Carboneria in Verbindung stand.

M. S.

Inhaltsverzeichnis

I Das Wo
9

II Wer und was für einer
19

III Unterhandlungen
31

IV Entscheidungen
über den Gebrauch der Nacht
41

V Was der Student erzählt oder
Wie Narziß ins Wasser fiel
und gerettet wurde
54

VI Zwischenspiel mit Blitz und Donner
75

VII Was der Baron erzählt
87

VIII Vom Gehen über die Dächer
111

IX Was der Soldat erzählt oder Wirrwarr
116

X Der gewissenhafte Henker
140

XI Was der Dichter erzählt oder
Der blinde Hahn
148

XII Die Würfel fallen
171

XIII Diabolus ex Machina
178

XIV Die Botschaft einer Brieftaube,
gefunden von einem Jäger
190

Sachdienliche Angaben
201

Kleines Glossar
203